시를
쓰기
위한

짧은
연상 3000

용혜원 제93시집

시를 쓰기 위한 짧은 연상 3000

용혜원 지음

나무생각

작가의 말

시를 틔우는 씨앗

시인은 풍부한 언어를 구사할 수 있어야 한다. 언어의 호흡이 길어야, 연상이 끝없이 이어져야 자유롭게 시를 쓸 수 있다. 때로는 만 갈래로 뻗어가기도 하고, 때로는 끝이 보이지 않는 깊이까지 계속 파고들어가는 것이 시인의 연상이다.

시를 쓰려면 연상이 자유로워야 한다. 경직되어 있거나 틀에 갇혀 있다면 한 걸음 한 걸음 내디딜 때마다 허덕일 수밖에 없다. 연상은 시를 틔우는 씨앗과 같다. 따라서 연상이 이어지지 않고 한계를 넘어서지 못하면 좋은 시를 쓸 수가 없다.

연상은 사방으로 팔을 뻗고 수많은 언어를 끌어와 시를 더 풍성하게 만들어준다. 시인은 연상이 이끄는 대로 자기만의 그림을 그려가며 시를 쓰는 즐거움을 만끽한다. 연상 훈련은 시인의 표현 능력을 키우고 마음을 풍요롭게 만들어 그의 시 세계를 확장시킨다. 울림이 있는 시를 쓰고자 한다면 연상 훈련을 끊임없이 해야 한다.

연상 시집을 쓰는 수많은 날 동안 온 생각과 몸이 시가 되었다. 머리에 떠오르는 수없는 연상들을 다듬으며 수없이 쓰고 버리기를 반복했다. 저마다 시를 짓는 방법이 다르고 끌어오는 재료도 다를 것이나, 이 책에수록된 연상시들은 이제 시를 쓰려는 분들에게 조금이나마 도움이 되기를 바라는 마음으로 쓴 짧은 시다. 나 또한 한계점에 다다르면 포기하고 싶을 때도 많았다. 하지만 쓰면 쓸수록 이어지는 연상으로 인해 큰 기쁨을 맛보았다. 어떤 날은 하루 종일 시 속에서 걷고 뛰고 달리고 소리치고 환호하였다. 온 생각과 몸이 시가 되는 시점이다. 나는 시를 쓰는 매 순간이 너무나 행복하다.

용혜원

들국화 향기를
따라가면
그대를 만날까

0001 가을밤

가을밤 귀뚜라미가
가을 편지를
읽고 있다

0002 단풍

나무 핏줄이 터져
오색 그리움으로
단풍이 물든다

0003 새

날개를 접고 펴며
먼 곳을 가까운 듯
날아간다

0004 한밤중

달이 피곤한지
구름을
덮고 자네

0005 섬

바다에 섬이
외로운 한 점이 되어
홀로 떠 있다

0006 바위

바위는 입이 없어
아무 말도
하지 않는다

0007 황혼의 노을

하얀 머리칼에
황혼의 노을이
붉게 물든다

0008 시냇물

세상 소리 떠나보내고
시냇물 흐르는
소리 듣는다

0009 나무

나무는 아무리
사랑해도
서로 포옹할 수 없다

0010 눈 오는 날

눈 오는 날
하얗게 겨울을
펼쳐놓았다

0011 가을 길

이 길을 따라가면
겨울을
만날 수 있을까

0012 아지랑이

아지랑이가
피어오르면
봄 길이 보인다

0013 땅콩

땅콩은 단둘이
단출한 집에서
알콩달콩 잘 산다

0014 혼자

혼자 남으면
고독이 무겁게 내리눌러
숨을 멈춘다

0015 안개

안개는 잠시 잠깐
찾아왔다 소리 없이
떠나는 손님이다

0016 파도

바닷속
물고기들의
경쾌한 합창 소리

0017 불면

내 머리에
도둑이 들어
잠을 훔쳐갔다

0018 맑은 날

하늘이 푸르다
구름이 죄다
어디로 도망쳤나

0019 바람

누가 보고 싶어
저 바람이
불어오는 걸까

0020 빈 항아리

빈 항아리
배가 고파서
입을 크게 벌렸다

0021 몽당연필

저 조그만 몽당연필이
얼마나 많은 말들을
여기저기 써놓았을까

0022 말

푸른 초원을
힘차게 달리는 말들이
자유로워 보인다

0023 여름 아침

여름 아침
연잎 위에 이슬꽃
영롱하게 피었다

0024 풍경

사람은 만들 수 없다
저 풍경은 자연이 만든
살아 있는 그림이다

0025 호수의 아침

호수의 아침은
사진처럼
선명하게 펼쳐진다

0026 조롱박

조롱박이
허공에 쓴
글자는 8자다

0027 서글퍼 마라

서글퍼 마라
홀로 핀 꽃도
아름답다

0028 하늘

바람이 하늘을
가지고 떠났나
하늘이 텅 비었다

0029 개나리

봄바람에 간지럼 타더니
개나리 가지마다
노란 웃음이 붙었다

0030 포도

한 송이 가득
동그라미들을 채우다
여름이 후딱 지나갔다

0031 아침마다

아침마다 풀잎들이
기지개 켜고
이슬을 마신다

0032 봄 편지

봄 편지 나뭇잎에 써서
시냇물에 띄웠으니
내일쯤 도착할 것이다

0033 야간열차

야간열차를 타면
승객은 잠들고
열차만 깨어 달린다

0034 현주소

오갈 데 없어
여기에
머물고 있습니다

0035 하늘의 옷

하늘은 푸른 옷
한 벌만으로도
한없이 아름답다

0036 들국화

들국화 향기를
따라가면
그대를 만날까

0037 차

차 한 잔에
인생을 담아
마신다

0038 행복

눈물 나게 좋은
풍경 속에서 잠들고
깨는 것이 행복이다

0039 가을 안부

가을 안부를 물었더니
가을 단풍이 낙엽으로
답신을 보내왔다

0040 항구

떠나간 배
기다리는
마음이 가득하다

0041 나목

나목은 옷을
훌훌 다 벗어도
아무 부끄럼이 없다

0042 겨울나무 1

언 땅에
맨발을 감추고
얼마나 추울까

0043 겨울나무 2

앙상한 가지 끝에
봄을 기다리는
마음이 간절하다

0044 갈대

갈대는 가련한 여인
바람이 불면
서글퍼서 더 크게 운다

0045 돌기둥

눈, 귀 멀고
말을 못 해도
기다림은 끝없다

0046 코스모스

가을바람이
옆구리 툭툭 치면
간드러지게 웃는다

0047 장날

떠들썩한 장날
장꾼들이 떠나면
장터는 쓸쓸하다

0048 풀잎

가냘픈 풀잎이
바람을 이기고
하늘 들고 서 있다

0049 가을 하늘

가을 하늘에 펼쳐놓은
푸른 화폭에
무슨 그림을 그려볼까

0050 알밤

알찬 가을
밤나무 가지마다
밤송이가 그득하다

0051 잠

사각 침대에
갇혀서
새우잠을 잤다

0052 신문

뉴스가 끝나면
신문은 구겨지고
찢겨져 버려진다

0053 배꼽

배꼽이 웃으면
내 얼굴도 같이
따라 웃는다

0054 나이

나이 속에
살아온 이야기가
기록되어 있다

0055 봄날

개나리꽃
자잘한 웃음에
콧잔등 간지럽다

0056 추억

추억을 따라가며
아무리 찾아보아도
그대를 만날 길 없다

0057 들판

네잎클로버를
어디다 감추었는지
나한테는 보여주지 않네

0058 매미

여름내 매미가
목메어 부르는 이름
누구일까

0059 그늘

그늘을 햇볕에
말렸더니
세상이 밝아졌다

0060 연인 만들기

지금부터
우리 서로
알아갑시다

0061 가로수

어디를 가려고
줄지어
서 있을까

0062 봄바람

봄바람이
겨울 짐 지고 떠나면
봄이 온다

0063 어두운 밤

어두운 밤에는
그림자마저
꼬리를 감춘다

0064 내 마음 샛길로

그리움을 펼쳤더니
내 마음 샛길로
그대가 찾아왔다

0065 붉은 사과

붉은 사과가 열리면
마을 아이들
수줍은 얼굴이 보인다

0066 풀벌레

아침이 오라고
밤새도록
풀벌레가 운다

0067 조팝나무

구름 꽃이
하늘에서 내려와
하얗게 피었다

0068 산처럼

산처럼 쌓인 그리움
정상에는
언제나 올라갈까

0069 쓸쓸함

혼자서
너무 오랫동안
외롭게 살았나 보다

0070 방울토마토

잘 익은 방울토마토
붉은 눈망울이
똘망똘망하다

0071 거짓말

거짓말이 혀에
가짜 꽃을
활짝 피워놓았다

0072 이별

죽음보다
더 멀고 먼
이별 있을까

0073 박

둥근 달이
지붕 위에
환하게 떴다

0074 커피

외로움에 걸터앉아
한 잔의
커피를 마신다

0075 강

멈추지 않고
흘러가는 강보다
질긴 목숨 있을까

0076 희망

희망아
뚜벅뚜벅 걸어서
나에게 오라

0077 들길

들길을 걷다가
기차가 지나가면
반가워 손을 흔든다

0078 마음 한구석

내 마음 한구석에
그리움이
아직 남아 있다

0079 냉정

냉정한
사람은
겨울보다 춥다

0080 너의 눈빛

너의 눈빛에는
지나온 삶이
그대로 담겨 있다

0081 보고픔

보고 싶어
입술을 깨물었더니
마음이 저릿하다

0082 먼동이 트면

먼동이 트면
부지런한 닭이
새벽을 깨운다

0083 잠꼬대

잠자다 그만
비밀을
들키고 말았다

0084 옥수수

옥수수는
어느 치과에 다닐까
이빨이 튼튼하다

0085 견딤

거센 비바람에도
풀 한 포기
도망치지 않는다

0086 김장

아내의 손맛에
한겨울 내내
김치가 맛있다

0087 가난

삶의 골목골목마다
가난의 굶주림이
들어차 있다

0088 그리운 길

늘 오가던
그 길은
그리움의 길

0089 앵두

봄 햇살에
붉은 피 모여
빨갛게 익어간다

0090 귀

세상 소리를
다 들어 괴로우니
가끔씩 문을 닫자

0091 녹두꽃

민중의 고통과
염원 속에
피어나는 꽃

0092 소문

떠도는 말
반이라도
진실이면 좋겠다

0093 차 한 모금

한 모금
한 모금이
마음을 적신다

0094 목동

험한 산길도
양 떼들은
목동을 믿고 따른다

0095 우리는 날마다

우리는 날마다
만나고 헤어지며
살아간다

0096 인내

새싹이
큰 나무가 되는 것은
오랜 기다림 덕분이다

0097 의문표

이야기하고 나면
왠지 의문표가
붙는 사람이 있다

0098 새벽

아직 어두워
아침의 얼굴이
잘 보이지 않는다

0099 붙박이별

그대는 내 마음의
붙박이별이 되어
항상 밝게 빛난다

0100 고민

잡생각이
마구 몰려와
전쟁 중이다

0101 등불

등불이
홀로 불을 밝히니
고적하다

0102 감꽃

감꽃이 피면
말랑한 홍시가
벌써부터 그립다

0103 수제비

수제비 하나하나
울 엄마 눈물이
가득한 맛이다

0104 병아리

하루 종일
엄마 찾아다니며
삐악거린다

0105 방울꽃

얼마나 꽃이
소리를 내고 싶어
방울이 되었을까

0106 서재

서재에는
한 사람의 일생이
진열되어 있다

0107 비결

작은 모래알들도
똘똘 뭉치면
아름다운 해변이 된다

0108 폭염

폭염으로 힘들어
물 한 모금 아쉬웠는데
샘물이 목을 적셔준다

0109 잔치국수

먹을 때마다
어매 손길이
무척 그립다

0110 반딧불이

아무리 반딧불이가
불을 밝혀보아도
어둠이 가득하다

0111 의자

텅 비었을 때
더 여유롭고
편안하다

0112 홍옥

가을에 잘 익은
홍옥 색깔이
참 곱다

0113 흉년

흉년이라
봄에 뿌린 씨앗보다
가을 거둠이 적다

0114 진달래

봄이면
산천에 피는 진달래는
산골 가시내다

0115 초가집

초가집 초라해도
제비는 처마 밑에
새집을 짓는다

0116 술병

사람은 술 취해
쓰러졌는데
술병은 꼿꼿하게 서 있다

0117 도시

도시의 눈빛이
나한테만 싸늘하고 차갑게
느껴지는 걸까

0118 색종이

천 마리 학을
곱게 접어
너에게 선물하고 싶다

0119 장독대

세월 따라 구수하게
익어가는 장들의
전시장

0120 대합실

모두 다
떠나는 사람들
의자가 주인이다

0121 뜬소문

온 세상
둥둥 떠다니는
수많은 말들

0122 가을 해변

가을 해변의
손끝 발끝에 파도가
와닿는다

0123 맨발

맨발로 편하게
살기로 했다
양말을 빨기가 싫다

0124 늙은 나무

늙은 나무는
살아온 세월을 물어도
아무 대답이 없다

0125 밤비

얼마나
슬프면
밤새 눈물 흘릴까

0126 허공

저 허공에는
누가 살고 있는지
궁금하다

0127 은행나무

노랑나비가
떼 지어
앉아 있다

0128 봄 숲길

꽃이 피는
봄 숲길을 걸어가면
그대가 올 것 같아

0129 마른장마

마른장마인가
하늘을 짜도
물 한 방울 안 나온다

0130 공원 나무

다들 멋지게
살기로 작정했나
나무들이 잘 자란다

0131 아침

아침이면
나무들이 깨어나
희망이 치솟는다

0132 거미

남을 괴롭히려고
덫을 계속 치더니
눈치만 보고 산다

0133 편두통

편두통에 머리통이
까뭉개지듯
몹시 아프다

0134 정결

마음 더럽히지 말고
남 탓하지 말고
깨끗하게 살자

0135 지평선

들녘이 넓어서인가
지평선이 끝없이
무한량하다

0136 환승역

왜 인생에는
다시 갈아타는
환승역이 없을까

0137 거목

누구를
기다리고 기다리다
키 큰 거목이 되었을까

0138 폐차장

폐차장에서는
숨을 거둔 차들이
장례식을 기다린다

0139 종적

날뛰고 설치더니
종적을 감추고
감쪽같이 사라졌다

0140 산울림

가만히 서 있는 산도
산울림으로 무언가
말하고 싶은가 보다

0141 환상

꿈에서
본 듯한데
현실이 될까

0142 시를 쓰고 싶다

시를 많이 썼지만
아직도 갈급해
시를 더 쓰고 싶다

0143 눈사람

겨울에만
찾아오는
겨울 손님

0144 상처 없는 하늘

천둥 번개 치고
새들이 콕콕 찔러대도
하늘은 상처가 없다

0145 송어

송어가
맑은 물속을
송곳처럼 헤엄친다

0146 엄마

엄마는 어린 시절
나의 모든 것
전부였다

0147 저녁노을

하루해가
붉은빛 금빛으로
저문다

0148 단편

삶의 단편들이
아름다워야
장편도 아름답다

0149 눈물

흘릴 때는 아프지만
닦이고 나면
웃음이 찾아온다

0150 우울

가슴속에
먹구름이 꽉 차
비가 오려나 보다

0151 저녁 갯벌

저녁노을에 물든
아름다운 갯벌을
한없이 걷고 싶다

0152 추락

살아 있는 새는
하늘을 날아가지
추락하지 않는다

0153 바다

비가 퍼부어도
바다는 우산을
악착같이 쓰지 않는다

0154 떠돌이

아무리 떠돌고
떠돌아도
머물 곳이 없다

0155 대장장이

장인의 손끝에서
온갖 연장이
탄생한다

0156 맑은 날

맑고 푸른 날
모두가 원하는
그날

0157 노을 한잔

붉은빛
노을 한잔에
취해버렸다

0158 인생길

인생길 한번 떠나면
돌아올 수 있는 길은
없다

0159 한겨울

폭설 내린 한겨울
몹시 춥다
따뜻한 집으로 가자

0160 마술사

마술사를
믿지 마라
몽땅 눈속임이다

0161 온돌 장판

포근하고 따뜻한
온돌 장판
아랫목이 그립다

0162 자전거

가슴 뻥 뚫리게
초원을
신나게 달려보자

0163 아주 좋았던 날

그날은 기분도 좋고
모든 것이
행복했다

0164 뱀

뱀도 살기 귀찮아
옷을 허물처럼
벗어버린다

0165 재생

삶도 재생할 수 있다면
후회하지 않게
다시 오지게 살고 싶다

0166 서리꽃

추우면 추울수록
서리꽃
아름답게 피어난다

0167 수련

수영을
얼마나 잘하면
물 위에서 필까

0168 박쥐

검은 망토
걸친다고
신사는 아니다

0169 가족

늘 보고 싶고
생각하면
힘이 난다

0170 참새

작은 주둥이로
아침이 왔다고 창가에서
한참을 떠들다 갔다

0171 처음

가장 중요한
시작의
시간

0172 지하철

혼자 타니
아는 사람이
하나도 없다

0173 돌탑

수많은 소리 담아
돌탑을 쌓아도
아무 말이 없다

0174 판자촌

판자촌 뒷골목
상처받은 사람들이
술 먹고 싸운다

0175 옥수수수염

알맹이가 차면
늙는 일만 남았는지
수염이 자란다

0176 수탉

아침 얼굴 보고 싶어
큰 소리로 울며
어둠을 쫓아낸다

0177 독서

글자들이
만들어놓은 길로
여행을 떠나는 것

0178 장난기

우울한 표정을 보면
장난기가 생겨
웃게 만들고 싶다

0179 소

일하던 소가
한가하고 심심했는지
되새김질을 한다

0180 정면

정면을
볼 수 있어야
당당하다

0181 밤하늘

밤하늘
별들의 눈빛이
초롱초롱하다

0182 내 마음

내 마음 창고에는
추억이 한가득
쌓여 있다

0183 미명

아직도 어둠의
그림자가
남아 있다

0184 빈 깡통

화가 날 때는
빈 깡통이라도
세게 걷어차고 싶다

0185 줄타기

삶은 순간마다
아슬아슬한
줄타기다

0186 별똥별

어쩌다
땅에 떨어져
별똥별이 되었을까

0187 시름

완벽하지 못해
시름 속에
주름 하나 늘었다

0188 대접

잘해주려 하기보다
싫어하는 것을
하지 마라

0189 거미

줄타기라도
잘하니
밥은 먹고살겠구나

0190 빈자리

그 사람이 있던
빈자리
볼 때마다 아리다

0191 방관

지나친 방관은
불행과 비참함만
불러올 뿐이다

0192 아이들

아이들이 모이면
재미나고 신나는
이야기를 만든다

0193 붕어

붕어는 작은 가슴에
강과 호수를
품고 산다

0194 아침이 되면

아침이 되면
오늘은 무슨 일이 있을까
설렌다

0195 자화상

자화상인데
내가 보아도
잘 모르겠다

0196 달밤

누가 어디를 갈까
달이 밤새도록
지켜준다

0197 귀가

돈 못 벌고
집으로 가는 길
발이 무겁다

0198 활

살아 있는
심장을 향해
활시위를 당긴다

0199 행복

맛있게 마시는
막걸리 한 사발에
그저 행복하다

0200 항상 행복하세요!

사랑하는 사람들에게
언제나 하고픈 말
"항상 행복하세요!"

0201 강물

겉은 꽁꽁 얼어도
저 아래쪽은 살아 있어
꿈틀대며 흘러간다

0202 들장미

들장미가 누구를
만나려고 곱게
꽃단장을 했을까

0203 천둥벌거숭이

천둥벌거숭이라도
세상 물정 알면
마음이 싹 달라진다

0204 날이 저무니

하루가 흘러가고
날이 저무니
사람이 그립다

0205 종로 막국수

종로 막국수
싼 맛에 후루룩
눈물로 먹었다

0206 갈 수 없는 길

길은
떠나고 도착하는 곳이지만
갈 수 없는 길도 있다

0207 까마귀

무슨 불평이
그리 많아
깍깍 울어댈까

0208 한 잔의 커피

잠을 깨우는 한 잔의 커피
깊은 잠을 자는 영혼도
이 밤에 깨워주려나

0209 삽화

생각을 정리하면서
글과 어울리는 그림 하나
그려본다

0210 만남

달빛과 별빛이 좋아
한자리에 모아놓았으니
그대여 오시라!

0211 아픔

꽃이 떨어지는
아픔이 없이는
열매가 열리지 않는다

0212 이력서

보잘것없는
삶이라서
쓸 것이 없다

0213 고서

지난 세월을
담은 책에는
읽을 것이 많다

0214 가을 정취

가을 정취 물씬한
단풍이
향수를 부른다

0215 길 묻기

길을 물었더니
사나운 표정으로
쭉 가서 쭉 가라 한다

0216 절망

새싹이
검은색이면
절망할 것이다

0217 비극

가을 열매가
전부 다 흰색이면
비극일 것이다

0218 한여름

해바라기
큰 얼굴에
웃음이 가득하다

0219 태풍

성질 사나운 태풍이
한바탕 몰아치니
순식간에 황폐해졌다

0220 못 보낸 편지

못 보낸 편지
주소를 알아야지
다시 보낼 수 있지

0221 땅

흘러가는 강에게
길을 내주고
호수와 바다를 품는다

0222 한

한이 있어야
구성진 노래가 나오고
곡조가 살아난다

0223 설경

새하얀 눈이 그려놓은
설경만큼 신비로운 풍경이
또 있을까

0224 범죄

사람들이 죄를
자꾸만 지으니
범죄가 끝나지 않는다

0225 인생의 순리

인생의 순리를
거역하지 않아야
마음이 편하다

0226 사랑한다

당신에게 이 한 마디
꼭 하고 싶다
"사랑한다!"

0227 낙화

꽃만 떨어지나
마음도
떠나버렸다

0228 옛집

옛집은 오랜 세월
함께해온
삶의 둥지다

0229 재회

재회할 수만 있다면
세월도 묶어놓고
기다리겠다

0230 도시락

학교 다닐 때
도시락을 열면
어매 냄새가 났다

0231 여름

안 그래도 견디기
힘겨운데
날씨마저 무덥다

0232 겨울밤

겨울밤 초가지붕 위에
달 뜨면 배고파서
잠을 못 잤다

0233 우물가

동네 우물가
아낙네들 수다에
시간 가는 줄 모른다

0234 계곡

한밤에도
계곡에는 숨죽이고
물이 흐른다

0235 미련

금방 만나고 왔는데
무슨 미련에
또 보고 싶을까

0236 화장

한 사람의 일생이
한순간에
타오른다

0237 수행

마음을
수행하며
자신을 찾는다

0238 열정

인생을
멋지게 살려면
뜨거운 열정을 가져라

0239 차 한 잔에

차 한 잔에
덕담이 오가니
더욱 정겹다

0240 피리

천년의 한이
피리 가락이 되어
살아난다

0241 빈손

빈손으로 왔으니
홀가분하게
빈손으로 떠나자

0242 소통

따뜻한 말 오가면
너와 나 사이에
다리가 놓인다

0243 언젠가는

힘들고 지칠 때마다
외친 그날
"언젠가는!"

0244 보자기

누구든
찾아오세요
꼭 감싸줄게요

0245 오늘밤

거짓 없는 오늘밤
어떤 일이 일어날까
기대가 된다

0246 마음

무거운 마음도
자꾸 비우면
편안해진다

0247 탈상

탈상을 끝내고
편히 보내기 위해
아쉬움을 훌훌 벗는다

0248 그리움

그리움은
손끝에 잡힐 듯
잡히지 않는다

0249 풍선처럼

풍선처럼
헛꿈만 꾸다가
터져버렸다

0250 사막

사랑을 주지 않고
정을 주지 않으면
내 마음은 사막이 된다

0251 나룻배

나룻배는
강줄기 타고 오가며
떠도는 나그네다

0252 함박눈

하늘에서 함박눈이
기분 좋게
쏟아져 내린다

0253 길을 잃다

세상에 수많은
길이 있는데
나는 갈 길을 잃었다

0254 달의 목욕

한밤중에 달이 몰래
호수에 내려와
목욕하고 있다

0255 노파

늙은 노파의
이마에
주름살이 가득하다

0256 빛의 세계

어둠이 사라진
빛의 세계는
자유의 세계다

0257 봄

비와 바람이
찾아올 때마다
봄을 한 뼘씩 키웠다

0258 비문

떠날 때 비문에
남겨놓을 말
"잘 살았다!"

0259 불평

까악깍
그만 좀
울어대라

0260 찔레꽃

풋가슴 설레는
찔레꽃 향기 따라
가고 싶다

0261 주사위

주사위가
떨어지기 전에는
숫자를 알 수 없다

0262 성황당

정성을 끌어모아
성황당 큰 나무에게
소원을 빈다

0263 희망

희망이 있어
절망을 밀어내고
내일을 기대한다

0264 배경

배경이 없어도
당당하면
개천에서도 용 난다

0265 가을 낙엽

바람만 불어도
새가 울기만 해도
낙엽이 우수수 떨어진다

0266 물 끓이기

차를 타려고
물을 끓이면 벌써
차향이 코끝에 있다

0267 회상

사진 속 추억을
하나하나
떠올려본다

0268 숲

나무들이
하나가 되어
큰 힘을 보여준다

0269 만약에

불안한 생각에
일어날 수 없는 일을
고민한다

0270 매화

춘설에
매화꽃이 피어
봄소식을 전한다

0271 향수

그리움의
저 끝에
가고 싶다

0272 분실

내가 잃어버린 것들은
어디에서
찾을 수 있을까

0273 망둥어

서툰 낚시꾼에게도
잘 걸려드니
못난 망둥어다

0274 나무 물고기

나무 물고기는
언제나 물속을
헤엄칠 수 있을까

0275 꼬리

제 버릇 못 고치고
그 타령이니
꼬리를 잡혔다

0276 고로쇠

봄이면
나무의 피를 마시며
몸에 좋다고 한다

0277 새벽길

새벽길로 어둠이
살금살금
도망치고 있다

0278 함정

곳곳에
불행의 그림자가
도사리고 있다

0279 수제비

쌀이 없어 수제비를
매일 먹었더니
넌더리가 났다

0280 봄 처녀

봄소식에
봄 처녀 강가에서
님을 기다린다

0281 자물쇠

자물쇠는
녹슬었어도
열쇠는 필요하다

0282 어떤 날

어떤 날은
고독이 벽을 쌓아
숨이 막힌다

0283 인생

인생이란
나의 이야기를
만들어가는 것이다

0284 확인

삶을 돌아보아야
쓰러지지 않고
넘어지지 않는다

0285 풀꽃

눈길을 받으면
아름답게
풀꽃이 피어난다

0286 떠나는 가을

가을이 떠나는
슬픔을 이기지 못해
낙엽으로 떨어진다

0287 둥지

새들은 욕심 없이
가족들만 살
작은 둥지를 만든다

0288 꿈속에서

잠들었는데
꿈속에서
돌아다니고 있다

0289 방랑자

이름만
그럴듯하지
춥고 배고픈 인생이다

0290 강기슭에서

그대 올까 왼종일
강기슭에서
기다리고 있다

0291 길

길은 스스로
걷거나 뛰지 않고
길을 열어 나아가게 한다

0292 돌무더기

사람들의 한이 모여
돌무더기가
수북하게 쌓여 있다

0293 여백

꽉 찬 것보다
여백이 있어야
찾아올 사람이 있다

0294 가을 고독

귀뚜라미가 울면
가을의 고독도
쑥쑥 자란다

0295 봄 산

봄 산에
반짝반짝
봄꽃들이 피어난다

0296 세월

세월은
멈추지 않고
나를 스쳐가는 시간이다

0297 장맛

장맛에
그 집안 음식 맛이
달려 있다

0298 밭

온갖 씨앗들이
찾아오는
마음의 고향

0299 종

때려야 소리가 나고
아파야
울림이 있다

0300 무의미

삶이 무의미하면
희망도 보람도
아무것도 없다

0301 봄비

겨울의 묵은 때를
봄비가 내려
깨끗하게 씻겨준다

0302 타락

양심이 타락하여
검은 먹구름만
잔뜩 끼여 있다

0303 분수

제 꼴 몰라
분수없이 날뛰면
불행이 물어뜯는다

0304 거북

거북이 느리다고
탓하지 마라
오대양을 헤엄치며 산다

0305 꼭두각시

제 삶이 하나 없는
꼭두각시 헛된 인생
살지 마라

0306 멋진 하루

기분 좋게
깨어났더니
멋진 하루가 기다린다

0307 공중전화

못다 전한 소식이
공중전화에
아직 남아 있다

0308 단칸 셋방

단칸 셋방
월세 달라는 소리가
귀청에 쌓인다

0309 아파트

네모 칸칸이
사람들이
갇혀 산다

0310 헛꿈

뜬구름 잡듯
헛꿈을 꾸며
살고 있다

0311 아름다운 풍경

아름다운 풍경을
바라보면
사랑에 빠지게 된다

0312 감나무 있는 집

가을에
감나무 있는 집
부잣집 같다

0313 해골

해골도 한때는
아름다운
얼굴이었으리라

0314 화려함 뒤에도

화려함 뒤에도
그늘이 있고
초라함이 있다

0315 감자

감자 속에
여름 햇살이
알알이 꽉 들어찼다

0316 폭우

하늘도 한번 실컷
울고 싶었는지
폭우가 쏟아진다

0317 한 장면

멋진 한 장면을
만드는 것이
우리 모두의 꿈이다

0318 귀향

고향으로 돌아오는
발자국 소리가
들린다

0319 질병

병에 걸리니
몸과 마음이
깨지고 부서졌다

0320 한순간

한순간이라도
어리석게
판단하지 마라

0321 겨울 들판

겨울 들판은
햇살마저 부족해
시리고 춥다

0322 봄 개나리

봄 햇살에 개나리꽃
옹알거리며
가지마다 피어난다

0323 낯가리는 달

달이 낯을 가리나
구름 속으로
자꾸 들어간다

0324 입담

입담이 지나친
떠벌이는
실속이 하나 없다

0325 배고픔

배고픔을 알아야
일하는
보람을 느낀다

0326 객지

낯선 객지에서
혼자 걷고 먹고 자고
외롭다

0327 빈 지갑

텅 빈 지갑이
가난을 노래하며
돈을 부른다

0328 술

외상술 마신 날은
몸이 더 떨리고
춥다

0329 억새

가을이면
꼭 생각나는
억새 같은 여자

0330 구멍가게

구멍가게만 해도
동네에서
부자인 줄 알았다

0331 세수

못난이 얼굴도
세수하고 나면
맑고 예쁘다

0332 빈궁

빈궁한 삶인데
더 비참하게
꼴아박았다

0333 갯마을

푸른 바다
갯내가 좋아
갯마을에서 살고 싶다

0334 밥

밥은 늘 보아도
늘 먹어도
질리지 않는다

0335 좋은 인상

구겨진 얼굴을 펴고
환한 웃음을
지어라

0336 안개꽃

안개꽃은
잠시 왔다 사라지는
알 수 없는 여자 같다

0337 떠남

잠깐 떠난 줄
알았는데
영영 못 본다니

0338 구슬

구슬은 갈 곳이
너무 많아
대굴대굴 잘도 굴러간다

0339 불행

찾아오지 않으면
정말 좋았을
아주 고약한 불청객

0340 짐

억지로 지면
지치고 힘들지만
기꺼이 지면 가볍다

0341 오랜 친구 하나

오랜 친구 하나
오늘 또 허무하게
세상을 떠났다

0342 탈춤

탈춤은
제정신으론
출 수가 없다

0343 작은 조각배

작은 조각배는
넓은 강물을 헤쳐 나가기가
힘에 부친다

0344 외로움

외로워 달에게
말 걸었지만
너무 고요하다

0345 백조

하얀 백조는
더러운 세상에서
흰옷 입고 어떻게 살까

0346 콩나물국

노랫소리 가득한
시원한 콩나물국을
맛있게 먹는다

0347 흐린 날

날씨가 흐린 날
비가 올 것 같은데
우산이 없다

0348 산길

더덕 향기 따라
산길을 걸어가면
마음이 편하다

0349 허기

허기가
입 크게 벌리고
밥을 기다리고 있다

0350 도시의 거리

도시의 거리에는
생소한 얼굴이
너무나 많다

0351 못다 한 이야기

세월이 더 지나기 전에
못다 한 이야기
언제 만나 나누자

0352 품앗이

내 삶도
누군가를 위해
품앗이 사는 것이다

0353 장의사

장의사가 기분 좋게
장사하는 날은
언제일까

0354 벌써 잊었다

벌써 까맣게
잊고 있었다
마치 없었던 일처럼

0355 외출

외출을 나왔는데
어디로 갈까
도무지 갈 곳이 없다

0356 비가 내리면

비가 내리면
연잎 위 물방울들이
서로 튀어다니며 논다

0357 정감 있는 소식

척박한 세상
정감 있는 소식 오면
달려가 받고 싶다

0358 머리통

수많은 생각들이
찾아 들어오는
집합소

0359 양파

벗겨도 벗겨도
아무것도 없다
속았다

0360 염전

짜디짠 소금이
잘 익어가는
소금 밭에 가자

0361 오막살이

가난이 벽과 지붕에
덕지덕지
붙어 있다

0362 단풍나무

잎이 새빨갛다
누가 빨간 물감을
뿌려놓았나 보다

0363 찬비

찬비 맞고 서 있는
나무에 처량함이
매달려 있다

0364 국수

국수 한 그릇에
배고픔이
싹 가신다

0365 설움

실패해 초라한 꼴
저 빗물에
떠나보내고 싶다

0366 산행

산행을 마치고
산이 따라올까
뒤돌아보니 그대로 있다

0367 혼자 남으면

혼자 남으면
썰렁하고
왠지 더 쓸쓸하다

0368 흘러간 세월

흘러간 세월이
나목에
초라하게 붙어 있다

0369 사라진 것들

나에게 왔다가
사라진 것들이
얼마나 많을까

0370 어매의 바느질

늦은 밤
어매의 바느질
사랑의 손길이다

0371 무

무는 땅에서
무얼 먹고
장딴지가 튼튼해졌을까

0372 말

남에게 한 말은
결국 나에게
되돌아온다

0373 보릿고개

보릿고개 걱정에
어매 한숨이
하늘에 닿았다

0374 꽃 그림

꽃 그림 그려놓으니
나비가 앉으려다
날아간다

0375 세월의 난간

세월의 난간에
기대 있으니 울적해
그대가 보고 싶다

0376 청소부

어제의 남은
흔적을 지우고
오늘을 맞는다

0377 겨울 찬바람

겨울 찬바람 불자
온 세상이
꽁꽁 얼어붙었다

0378 진달래꽃

진달래꽃
입맞춤하니
수줍어 빨개졌다

0379 만두 가게

만두소를 보면
주인의 마음을
알 수 있다

0380 풀숲에서

둘이 풀숲에서
밤새는 줄
몰랐다

0381 폭포

폭포는
돌아가지 않으려고
아찔하게 쏟아져 내린다

0382 황홀한 맹세

황홀한 맹세,
나는 오늘부터
사랑하기로 했다

0383 지금

지금은
내 인생의 어디쯤일까
궁금하다

0384 화석

꽃이 화석이 되도록
흘러간 세월이
무심하다

0385 산촌

산촌에서는 새 울음과
물 흐르는 소리가
아침을 연다

0386 풀피리

풀피리 불면
풀들이
내 마음을 알아줄까

0387 지불

살아온 인생을
정산하라는데
지불할 돈이 없다

0388 열매

꽃 떨어지는
아픔이 있어야
열매를 맺는다

0389 산봉우리

산봉우리 천년만년
세월 속에
그리움만 커졌다

0390 등짐

새가 하늘을
등짐 지고
훨훨 날아간다

0391 겨울밤

겨울밤에 하얀
눈이 내려 쌓이면
그리움도 쌓인다

0392 석등

돌 안에
불을 켜다니
무슨 일일까

0393 약초

풀이 약이 되니
사람들은
약초라고 부른다

0394 노루

노루가 산골에서
뛰노는 모습이
자연스럽다

0395 청시

바람 불던 날
익지도 못하고
떨어진 푸른 감

0396 갈림길

여기까지 함께 왔는데
갈림길에서
헤어짐이 안타깝다

0397 별구경

하늘에
별이 많으니
저리 넓은가

0398 화려한 봄날

강물은 푸르게 흘러가고
나무와 풀은 초록을 뽐내고
꽃은 울긋불긋 피어난다

0399 아내

내 아내가
되어주어
참 고맙소

0400 산채비빔밥

산나물에 고추장
쓱쓱 비비면
맛있는 향이 올라온다

0401 참기름집

가게도
주인도
향이 고소하다

0402 창고

내 마음의 창고에
당신의 모습을 전부
담고 싶다

0403 만나고 싶다

보고 싶고
가고 싶고
만나고 싶다

0404 사람들은

사람들은 만나고
즐겁게 마시며
노는 것을 좋아한다

0405 입추

가을이 찾아오는
입추의 발자국 소리
가까이 들린다

0406 술 한잔

초승달 보며
술 한잔 마시는데
은근히 외롭다

0407 들풀

바람이 불 때마다
들풀들의
입속말이 터졌다

0408 청양고추

청양고추의
매운맛이
톡톡 앙칼지다

0409 가랑잎

가랑잎 목숨,
세상 떠날 때는 모두가
가랑잎 신세다

0410 강가

강가에서 서러운 마음
흘려보내려 하니
나룻배가 먼저 떠나간다

0411 늦가을

늦가을 단풍에 취했는데
낙엽 구르는 소리가
겨울을 바삐 부른다

0412 며느리밥풀꽃

얼마나 배고프면
풀이 밥 되어
기다릴까

0413 눈

눈이 하얗다는
이유만으로도 요상하게
행복이 차오른다

0414 보람

열심히 일한 후
땀에 푹 젖은 옷이
보람차다

0415 잠자리

잠자리가
가을 구경 왔나
하늘 높이 날고 있다

0416 이발소

머리도 잘 깎고
감겨주기도 하는데
마음은 못 다듬어준다

0417 나무의 옷

나무들은
가지에만
초록 옷을 입는다

0418 붓글씨

붓글씨는
그림 그리듯 활을 쏘듯
써내려야 한다

0419 못된 심보

못된 심보는
마음을 들키면
잰걸음으로 도망친다

0420 요즘 세상

인정머리 없고
정 없는 요즘 세상
쓸쓸하다

0421 후련한 가슴

가슴속이
후련하게 확 트이니
세상까지 환하다

0422 쾌청한 인생

누구나
자기 인생이
쾌청하기를 원하겠지

0423 거울

보고픈 얼굴이
거울 보듯 또렷하게
떠오르면 좋겠다

0424 산속

산속은 인적이
끊어져도
늘 풍요롭다

0425 모내기

이 여린 모종이
쌀이 되어 국민을
먹여 살리니 대단하다

0426 외로울 때

왜 아침보다
저녁이 외로운가
어둠이 찾아와 그런가

0427 만족

작은 것부터
만족해야
큰 만족이 찾아온다

0428 낙엽

낙엽이 떨어지고
굴러갈 때마다
겨울이 성큼 다가온다

0429 낙서

낙서는 누군가
남겨놓고 간
미련이다

0430 어머니 사랑

어른이 되고서야
자식을 기르면서
어머니 사랑을 알았다

0431 청승

가난하고 배고프니
내 몰골도
청승맞아 보인다

0432 목격자

나를 가장 많이
알고 있는 목격자는
바로 나다

0433 행주

행주가 낡고 더러울수록
부엌이
깨끗해진다

0434 책임

사람들은 자신이
떠나는 것을 알기에
책임지려고도 하지 않는다

0435 벚꽃

가지마다 벚꽃이
붉은 입 벌려
봄을 노래한다

0436 유채꽃

들판에서 유채꽃이
웃고 떠들다
봄 소문났다

0437 밤나무 아래서

밤나무 아래서
알밤 줍다 보면
온갖 걱정이 사라진다

0438 교실

학교 교실에는 아직도
친구들 목소리가
남아 있다

0439 한강

서울의 한강
흘러가는 강물이
아름답다

0440 사람

흙냄새가 나야
사람이다
흙냄새 나는 사람이 좋다

0441 산방

한밤중 산방에
찾아오는 손님은
바람뿐이다

0442 고요하니

아무 소리 없어
고요하니
새들아 울어라

0443 태엽

시간의 태엽이
풀릴수록
나이가 든다

0444 하룻강아지

하룻강아지
똥 폼 잡아봐야
가당찮다

0445 침묵 속에서

침묵 속에서
소리치기 위해
말들이 모여든다

0446 시

시 쓰는
붓 한 자루 있으면
행복하다

0447 착한 사람

착한 사람에게는
푸짐한
인정이 있다

0448 염소

얼굴 생김새가
전당포 할배같이
생겼다

0449 일상

똑같은 날인데
수많은 일이
일어난다

0450 세상 속으로

외톨이로 살 게 아니라
세상 속에서
사람을 만나야 한다

0451 청개구리

청개구리는
어디나 어느 곳에나
살고 있다

0452 다람쥐

숲속은
다람쥐들의
즐거운 놀이터다

0453 골방

골방을 뒤지면
군것질거리와
재미가 숨어 있다

0454 나물 캐기

쑥 달래 냉이
나물 캐러 다닐 때
참 좋았다

0455 겨울 풀

겨울 풀은 말라도
뿌리가 살아남아
봄을 기다린다

0456 별것 아닌데

왜 그럴까
이해하면 좋은데
별것 아닌데 왜 화를 낼까

0457 곰

곰을 미련하다
말하지 말고
곰처럼이라도 살아라

0458 낮잠

책 보다 낮잠이
잠깐 들었는데
아주 푹 잘 잤다

0459 혼꾸멍

잘못이 드러나
혼꾸멍나니
얼굴이 빨개졌다

0460 느티나무

마을 어귀의
느티나무
님 그리워 찾아 나왔다

0461 생일

생일이 없었다면
나도 세상에 없다
어머니께 감사드린다

0462 설탕

설탕의 달콤한
유혹이 혀끝에서
시작된다

0463 가야금

가야금 줄이 끊어져도
통 속에 소리가
살아 있다

0464 떠도는 섬

구름이 하늘을
오락가락 떠도는
섬이 되었다

0465 사글세 살이

사글세 살이도
고달픈데
빚쟁이 목소리도 크다

0466 꽃병

꽃을 꺾어
꽃병에 꽂은 걸 보니
마음이 아프다

0467 들꽃 이야기

바람 불어
들꽃 이야기 들으면
어디론가 떠나고 싶다

0468 결혼

만날 때마다
사랑이 깊어져
결혼하였다

0469 분재

조그만 화분에서
나무가 만들어져
조금씩 자라고 있다

0470 이별하는 법

낙엽에게
떠나고 이별하는
법을 배운다

0471 할 일

힘들 때
힘이 되어주는 것이
사람이 할 일이다

0472 감자

가마솥에
감자 삶는
냄새가 흐뭇하다

0473 고추잠자리

고추잠자리
꼬리 잡힐까 두려워
하늘 높이 난다

0474 시간

인생은 흘러갈 뿐
머물러 있을
시간은 없다

0475 시계 소리

즐거울 땐 행복하게
두려울 땐 불안하게
들린다

0476 생각의 깊이

잘 될까 안 될까
생각이 땅을
파고들어간다

0477 아침이 오면

아침이 오면
태양의 눈이
동쪽에서 떠오른다

0478 누군가

이런 생각을 자꾸 한다
'이럴 때
누군가 있었으면!'

0479 미친 사랑

진달래꽃이
봄이면 미친 사랑으로
산천에 가득 핀다

0480 결국엔

가만히 있는 듯하지만
결국엔 민초들이
세상을 바꾼다

0481 햇빛

도망치는 어둠이
가장 싫어하는 것은
동녘의 햇빛이다

0482 대장간

풀무에 들어간
무쇠가
칼, 삽, 호미가 된다

0483 큰 나무

새싹도 자라
잔뼈가 굵어지면
큰 나무가 된다

0484 오솔길

그대가
그리워질 때면
찾아가는 오솔길

0485 구름 꽃

티 없이 맑은
푸른 하늘에
구름 꽃 피었다

0486 떠나는 것들

떠나는 것들은
미련이 없어
홀가분하다

0487 사랑할 때

사랑할 때는
그 깊이, 그 넓이,
그 높이를 알 수 없다

0488 끈

끈을 질끈 잘 매야
무엇이든지
할 수 있다

0489 첫차

가난한 사람들이
첫차를 타고
서둘러 출발한다

0490 인생 시작

인생 시작은
누구나
맨몸, 맨손, 맨발이었다

0491 예쁜 아기

예쁜 아기는
무엇을 해도
하는 짓이 예쁘다

0492 황혼

친구들 소식이 통 없다
죽고 떠나고
병들고 늙었다

0493 라면

라면을 끓여 먹다
울 엄마 생각나
한참 울었다

0494 도시 전시장

도시는 사각형 건물들이
서로 크기와 높이를
뽐내는 전시장이다

0495 장단

삶은 리듬과
장단을 잘 타야
즐겁다

0496 여름 나무

여름 나무들이
푸른 하늘에
맘껏 팔을 뻗는다

0497 먼 그리움

너무 멀리
떠나서
그리움조차 멀다

0498 이별의 아픔

낙엽 한 장 한 장에
이별의 아픔이
담겨 있다

0499 백합꽃

고운 얼굴
겸손하게 고개 숙인
백합꽃

0500 엉겅퀴

가시 돋은 엉겅퀴
보기만 해도
한 성깔 할 것 같다

0501 소문

귓속말이
떠도는 소문의
출발점이다

0502 마침표

끝날 때 마침표를
가장 멋지게
찍어야 한다

0503 농악

농악이 울리면
나도 모르는 신명으로
춤을 출 수밖에 없다

0504 걱정

온갖 걱정에
발걸음에도
한숨이 실린다

0505 목소리

하늘도 강도
바다도 비도
목소리를 갖고 있다

0506 주전자

주전자 주둥이 빨아
막걸리 먹던
생각이 난다

0507 손길

어떤 마음이냐에 따라
사람의 손길도
달라진다

0508 허망

무너진 꿈
허망해도 다시
돌이킬 수 없다

0509 단짝

너와 나는 단짝이라
마음의 아귀가
딱딱 잘 맞는다

0510 가을 달

가을 달이 처량해
귀뚜라미 울음
하늘에 가닿는다

0511 한평생

한평생 사람답게
살아야지
왜 짐승의 탈을 썼을까

0512 색소폰

색소폰은
애달픈 소리를
어쩜 그렇게 잘 낼까

0513 배꽃

겨울에 피었던
눈꽃이 배꽃으로
다시 피었다

0514 굴곡진 인생

굴곡진 인생
고통 없던
때가 있었나

0515 자맥질

마을 웅덩이는
아이들이 자맥질하는
놀이터다

0516 고사리

고사리 따며
손목을 꺾은 것 같아
안타깝다

0517 곡마단

떠돌며 사는
곡마단의 인생이
애달프다

0518 하얀 눈 위에

하얀 눈 위에
발자국 하나씩
남기고 싶다

0519 개 같은 인생

개 같은 인생
쓸데없이
헛바람만 들었다

0520 흐르는 강물

흐르는 강물이
슬프게 보이니
나도 슬프다

0521 바람 부는 밤

바람 부는 밤
문들이 흔들려
불안에 떨었다

0522 세상살이

세상살이
바쁘게 돌아가
나를 잊었다

0523 망부석

오랜 기다림에
무표정한
망부석이 되었다

0524 연어

연어는 고향을 찾아
먼 바닷길 헤엄쳐오는
귀성객이다

0525 사랑

사랑의 진한 여운은
가슴에
오래 남아도 좋다

0526 흙

마음이 넓어
죽음까지
받아준다

0527 겨울 해

겨울 해는
아쉽게 빠르게
저문다

0528 가을바람

가을바람 스치고
지나간 자리
고독만 남는다

0529 별

밤하늘의 별이
그립고
보고픈 날이 있다

0530 쑥스러움

엉뚱한 생각
괜한 짓하다
쑥스럽게 들킨 것 같다

0531 너를 그리워하는 동안

너를 그리워하는 동안
살아야 할
이유가 되었다

0532 원숭이

원숭이는 재롱둥이
올라갔다 내려갔다
나무타기를 잘한다

0533 목련

목련이 아름답더니
봄비에 처량하게
떨어진다

0534 거짓

거짓이 진실을 가려도
때가 되면
들통이 난다

0535 철길

친구를 만나러
무작정 철길 따라
걸어가고 싶다

0536 울음

울고 싶을 때
울 수 있는 것도
괜찮다

0537 탈출

삶이 지겹고
괴롭다면
잠시 탈출해보라

0538 작은 섬

작은 섬은 새들에게
행복한 안식처를
만들어준다

0539 커피 한잔

커피 한잔이
만들어낸 이야기가
얼마나 많을까

0540 도망

아무리 달아나고
도망을 쳐도
또 갇혀 있으니 소용없다

0541 장대비

하늘도 심란한가
먹구름 몰려와
장대비 쏟고 아우성친다

0542 술판

술판에서 술에 취하면
친하지도 않은데
좋다고 끌어안고 난리 친다

0543 농담

너는 농담이고
장난이라지만
나는 가슴이 아프다

0544 사람들

사람들은
인생이란 감옥에서
탈출하고 싶어 한다

0545 망각으로

보이던 길
망각으로 지워진 듯
까맣게 모르겠다

0546 양귀비

양귀비야 예쁘다
헛 수작 하지 마라
니 속셈을 안다

0547 괴로움

마음의 골짜기가
괴로운 상처로
움푹 패였다

0548 질그릇

진흙이 질그릇 되니
좋다고 찾는
사람이 많다

0549 팔자

타고난 팔자까지
고쳐서 사는 놈이라니
대단하다

0550 도망

시간을 떠나
도망칠 곳이 없다
어디나 하늘 밑이다

0551 버림

쓸모없으면
버리고 던지고
다시는 안 본다

0552 절박

절박할 때는
술도 취하지 않고
잠들지도 못한다

0553 즐거움

즐겁게 흐르는
개울물 소리
리듬 타며 흥겹다

0554 도착

떠날 때는 그리움이 있고
도착할 때는
아쉬움이 남는다

0555 낡은 의자

초라해지니
쓰다 버린
낡은 의자 같다

0556 옥탑방

가난에 찌들어
옥탑방까지
기어 올라왔다

0557 세상에는

세상에는 희망이
도처에 있다는데
내 눈에만 안 보인다

0558 타인

나 외에는
다 모르는 사람들
타인이라 낯설다

0559 수평선

바닷물은
수평선 이상
오르지 못한다

0560 숫돌

한풀이하듯
숫돌에 갈아
날카롭게 날을 세운다

0561 야속한 일

돌아가신 어매
야속하게 다시는
볼 수가 없다

0562 아침 소식

아침 소식
이슬이 알리려
조르륵 풀잎에 굴러왔다

0563 못난 자식

손톱에 박힌
가시마냥
늘 아프다

0564 행복할 때

행복할 때
휘파람 휘휘
신나게 불고 싶다

0565 용기

용기는
슬픔과 절망을
이기는 힘이다

0566 무인도

무인도는
무슨 죄로 먼 바다에
유배당했을까

0567 오래된 등잔

오래된 등잔에
세월의 묵은 때 있어도
불빛만은 밝다

0568 공사 중

엊그제 다녀온
집인데 허물고
공사 중이다

0569 비 오는 창

비 오는 창을
바라보면
가슴이 촉촉이 젖는다

0570 쓸쓸함

쓸쓸함이 거리에서
외로운 장승처럼
홀로 서 있다

0571 흐린 날

먹구름이
잔뜩 낀 날은
우울하다

0572 외면

그리도 좋다더니
외면하고
돌아섰다

0573 청결

마당을 쓸던 날
마음도
깨끗하게 쓸었다

0574 작품

걸작이 아니라도
작은 소품 하나
만들고 싶다

0575 초상집

초상집에서
화투판 벌리는 사람들
자기들만 신났다

0576 어부

어부는
바다를 알고 있어
계절 따라 고기를 잡는다

0577 고향

고향에 늦게 도착한
완행열자
기적을 울린다

0578 마음의 호수

마음의 호수에
누군가 그리움을
던져놓고 갔다

0579 뭉게구름

뭉게구름이
햇빛을 받아
하얗게 빛난다

0580 외로울 때는

외로울 때는
세상도 나처럼
외로워 보였다

0581 위대함

가파른 절벽에
꼿꼿하게 서 있는
나무는 위대하다

0582 활짝 갠 날

비 온 후
활짝 갠 날
기분이 상쾌하다

0583 붕어빵

붕어가 빵이 되어
다시는 물로
돌아가지 못한다

0584 산수유

자잘한 웃음이
산수유 가지마다
꽃을 피웠다

0585 천둥

무슨 죄가 많은지
천둥 칠 때마다
가슴이 뛴다

0586 송아지

험한 세상 두려워
송아지가
엄마만 찾는다

0587 병

몸의 시계가
고장 나고
말았다

0588 풋사랑

누가 알까
누가 말할까
가슴만 두근거린다

0589 가을에는

가을에는 푸른 하늘도,
열매도, 꽃도,
사람도 다 아름답다

0590 빗방울

빗방울들이
세상이란 건반을 울리며
연주를 한다

0591 배

배가 아무리
물길을 잘 올라가도
절벽을 오를 수는 없다

0592 애기똥풀꽃

애기똥풀꽃
꽃 이름 하나
기똥차게 만들었다

0593 시인

시인은 언어로
스케치하듯
시를 그려놓는다

0594 어리석은 삶

빈손으로 떠나는 삶
어리석게 욕심을 내서
무엇하나

0595 그냥

그냥 아무런
이유 없이
네가 보고 싶다

0596 출발

인생은 출발하면
끝날 때까지
멈추지 않는다

0597 어두운 밤에

어두운 밤에
수많은 그리움이
떠올라 별이 되었다

0598 찬밥

찬밥 한 덩이
물 말아 먹으니
울컥 눈물 올라온다

0599 달

달이 언제
도망칠까 궁금해
한밤에 내다보았다

0600 노인의 수염

노인의 수염은
걱정을 놓지 않아
점점 길어진다

지나온 곳마다
시련의 눈물이
고였다

0601 노안

노안 안경을 벗으니
세상 모든 사람이
예쁘다

0602 산길

산길을
누가 처음 만들었을까
짐승일까 사람일까

0603 이불

밤이면
내 속 들킬까 봐
이불 꼭 덮고 잔다

0604 가을의 변심

가을이 변심했나
단풍 들고 그리 좋더니
말없이 떠나고 말았다

0605 목련꽃 지는 날

목련꽃 지는 날
하얀 치마 벗어던지고
어디로 달아날까

0606 붉은 고추

태양의 기운 받은
붉은 고추 실하니
정말 뿌듯하다

0607 사다리

사다리 위로
더 이상 올라오지 마
갈 곳이 없어

0608 부재

세상을 떠나
전화번호가 지워졌다
다시 돌아올까

0609 가을 열매

알알이 열리는
가을 열매는 속이
꽉 차야 맛있다

0610 허공의 길

텅텅 빈 하늘
허공에 길을 만들어
새가 날아간다

0611 참회록

참회록에 죄를
기록하기보다
회개를 해야 한다

0612 가슴앓이

가까이 가지 못하고
멀리서 그리워해도
좋았다

0613 모래시계

모래알이
떨어지며
시간을 만들고 있다

0614 장난

선불리 장난치지 마라
엄청난 불행이
찾아온다

0615 먼 길

먼 길이라도
너와 같은 하늘 아래
살고 싶다

0616 감격

넓은 세상에서
내 사랑을 찾아
감격하였다

0617 공포

컴컴한 어둠
공포 속에 가위 눌려
정말 무섭다

0618 만월

만월이라
밤하늘도 넓게 보이고
달도 밝게 웃는다

0619 강 건너 마을

강 건너 마을에
보고 싶은
처녀가 살고 있소

0620 물소리

경쾌한 물소리가
노랫소리처럼
들린다

0621 몽상가

사람들은
모두 다 몽상가
엉뚱한 꿈도 꾼다

0622 비누

비누가 조금씩
닳아서 사라질수록
내 손은 깨끗해진다

0623 변화

사람은 돈과
권세와 세월에 따라
변한다

0624 불안한 밀회

불안한
유혹의 불길에
심장이 조여든다

0625 이기는 법

포기하지 마라
지치지 말고
잘 견뎌라

0626 행복한 삶

순서대로
찾아오는 것이 아니라
스스로 만드는 것

0627 어여쁜 손길

미쁘고 고운 마음으로
펼치는 손길이
어여쁘다

0628 개미

개미는 일꾼의 삶이다
날마다 날마다
짐을 나른다

0629 강물이 살아서

천 길 낭떠러지 아래
강물이 살아서
푸르게 푸르게 흘러간다

0630 빈 그릇

빈 그릇에는
무엇이나 담을 수 있어
편하다

0631 풍요

아주 풍요하고 넉넉한
큰 주머니
하나 생겼다

0632 상생

자연은 상생한다
혼자 살면 죽고
같이 살면 산다

0633 오지 여행

오지에서 뜻밖에
그림 같은
풍경을 만났다

0634 가면

위선적으로
얼굴 가리지 말고
그 가면을 벗어라

0635 계절

계절의 끝자락에
또 다른
계절이 있다

0636 안개비

하늘 눈물이
안개비로
풀잎에 내린다

0637 꽃뱀

예쁘다 하지 마라
무서운 독니와
날름거리는 혀가 숨어 있다

0638 가족 사랑

우리가
나눌 수 있는
최고의 사랑

0639 소복

젊은 과부가
소복을 입고 있으니
마음이 애잔하다

0640 무덤

무덤을
흙으로 덮는 소리
어찌 이리 무심한가

0641 솔개

하늘을
아무리 맴돌아도
먹이가 마땅치 않다

0642 바지

나이가 들수록
바지는 헐렁해야
입기가 좋다

0643 빈 하늘

영영 빈 하늘
채울 수 없는
텅 빈 공간

0644 신호등

신호등 색깔마다
다른 운명이
찾아온다

0645 일몰

하루 종일
끓어오르던
붉은 피 떨어진다

0646 새들의 노래

홀로 우는 새보다
숲에서 함께 부르는
새의 노래가 아름답다

0647 국화차

찻잔에
국화꽃 띄워
가을을 마신다

0648 관절염

어느 길을
걸어왔기에 관절이
이리 아픈가

0649 곶감

수정과 만들려고 감춰놓은
곶감 훔쳐 먹다
엄마한데 혼쭐났다

0650 밤배

밤배는
어둠 속 어디로
가고 싶은 것일까

0651 붉은 입술

붉은 입술은
얼굴에 피어 있는
유혹의 꽃이다

0652 눈치

눈치로 살다 보니
세상 속셈을
먼저 알아챘다

0653 죽은 나무

죽은 나무가
멈춰버린 시간과
함께 서 있다

0654 겨울 숲

나무들이
잠을 자나
꼼짝하지 않는다

0655 노래

노래는 마음까지
신날 때 불러야
흥이 난다

0656 역사

역사는 세상의
수많은 이야기를
만들고 품고 흘러간다

0657 눈 오는 밤

눈 오는 밤
왠지 모를
평안이 가득하다

0658 밥맛

밥맛이 살아나야
입맛이 나고
살맛이 난다

0659 산동네

산동네 계단을
오르내리며
힘들어 눈물이 났다

0660 자연

자연은 스스로
세상에서 가장 아름다운
풍경을 만든다

0661 미인

자기만 예쁘다고
거울을 자꾸만
본다

0662 저무는 강가

저무는 강가에서
노을을 보며
인생의 끝을 보았다

0663 새벽 강

새벽 강에
하루의 희망이
흐르고 있다

0664 밥 냄새

끼니때가 되면
밥 냄새가
코끝을 찾는다

0665 자화상

나의 자화상
못난 그림자가
너무 길다

0666 고향 역

고향 역에
누가 마중을
나왔을까

0667 고백

내 마음을
보여주는
진실한 말

0668 바다 생각

마음이 답답할 때
확 트인
바다가 생각난다

0669 학

긴 다리만큼
긴 세월 속에
우뚝 섰다

0670 야심

때가 잘 맞아야
야심도
이룰 수 있다

0671 생밤

생밤을 까서
아짝아짝 씹으며
가을을 먹는다

0672 성깔

눈빛과 말솜씨가
거슬거슬하니
네 성깔도 좀 있구나

0673 화가

화가는 그림을
마음대로 그릴 수 있으니
얼마나 좋을까

0674 눈이 되지 못한 아픔

눈이 되지 못한
아픔이
겨울비가 되어 내렸다

0675 숨겨놓은 사랑

누가 숨겨놓은 사랑
하자고 하면
몰래 한번 해볼까

0676 난파선

삶의 길
잘못 선택하여
난파선이 되었다

0677 연가

사랑할 때
연가는 부를수록
행복하다

0678 고개

고개를 들어야
세상을 똑바로
볼 수 있다

0679 수다쟁이

수다쟁이 말이
소나기 내리듯
쏟아져 내린다

0680 꽃향기

벌 나비가
꽃잎을 흔드니
꽃향기가 날린다

0681 나라의 내일

잘난 사람 많아도
나라 위한 마음 없으면
내일은 없다

0682 창문

누가 찾아올까
늘 궁금하다
창문을 열어볼까

0683 이슬

간밤에 만든
이슬방울이
풀잎을 적신다

0684 호박꽃

여름마다
밭두렁에 호박꽃이
초롱불 켜놓는다

0685 박꽃

쩌렁쩌렁
매미 우는 소리에
박꽃이 핀다

0686 하늘 지붕

하늘 지붕이
얼마나 크고 넓은지
세상을 넉넉하게 덮는다

0687 녹차 한잔

녹차 한잔
초록 잎 녹아내려
찻잔에 향이 가득하다

0688 발돋움

나무는
키가 크고 싶어
발돋움하고 있다

0689 깨끗한 세상

맑은 하늘,
깨끗한 물과 공기가
세상을 행복하게 만든다

0690 겨울 저녁

겨울 저녁이면
막걸리 사들고 오시는
아버지 생각이 난다

0691 숲속

숲속에서
새 울음소리
천상의 음악처럼 들린다

0692 명상

아무 생각 없이
넋 놓고
앉아 있다

0693 악어

탐욕이 강해
동물 중에
입이 가장 크다

0694 여운

말없이 세월이
흘러가도
여운 남기며 살자

0695 달맞이꽃

달빛 아래 핀
달맞이꽃
참 곱다

0696 박

달덩이가
지붕 위에 얌전히
올라앉았다

0697 석수장이

석수장이는
얼굴 없는 돌덩이에서
얼굴을 찾아낸다

0698 뜨개질

어매의 손끝에서
한 땀 한 땀 짜여져
스웨터가 되었다

0699 억새

흘러가는 강물을 보고도
떠날 수 없어
바람만 불면 흔들린다

0700 마음의 벽보

게을리 살지 마라
미워하지 마라
기쁘게 살아라

0701 한 걸음

한 걸음 물러서니
몸도 편하고
마음도 편해졌다

0702 언제쯤

수많은 사람들이
기다리는 바로 그날
"언제쯤"

0703 몸살

속앓이하던
몸과 마음에
몸살이 났다

0704 운명

삶과 죽음의
사잇길을
운명처럼 걸어간다

0705 세월

세월은
낚싯줄을 던져도
낚을 수 없다

0706 캄캄한 밤에

캄캄한 밤에 보름달이
내 마음을
밝게 해준다

0707 찐빵

배고프면
찐빵 사러 가는 걸음이
점점 더 빨라진다

0708 열매

산에 오르다 만난 열매
먹을 수 없는 것이라
반갑지 않다

0709 제자리

세상 모든 것이
제자리를 떠나면
정신 사납다

0710 간이역

시골 작은 간이역에
아직 그리움
남아 있다

0711 바늘

작은 귀 하나
실 하나로
인생을 꿰매고 있다

0712 서글픔

떠돌이 구름마저
하염없이
서글프게 흘러간다

0713 슬픈 이별

네가 떠난 후
하루 종일
비만 내렸다

0714 어눌한 말

말솜씨는 어눌해도
심성만큼은
착하고 순하잖니

0715 연기

붙잡을 틈도 없이
연기가 흩어져
허무하다

0716 그날 한참 울었다

제대로
살지 못해서
그날 한참 울었다

0717 공복

허기가 심해
먹을 것만
보인다

0718 나이가 들수록

똑같은 시간인데
나이가 들수록
시간이 빠르게 흐른다

0719 봄 앓이

봄꽃이 피니 벌 나비가
봄 앓이를 하나
정신없이 날아다닌다

0720 원숭이

못된 짓을 하다 들켜
볼기를 맞았는지
엉덩이가 빨개졌다

0721 겨울

싸락눈은
양에 차지 않아
함박눈을 원한다

0722 황토밭

붉은 황토밭은
고구마가 살기 좋아하는
붉은 집이다

0723 보금자리

가족의 보금자리는
지친 하루를 쉬게 하는
안식의 쉼터다

0724 덫

동물을 잡기 위해
몰래 덫 놓는 사람들
마음이 어둡다

0725 얼음낚시

한겨울에 얼마나
춥고 배고프면
미끼에 걸렸을까

0726 모과

모과는 못생겼어도
향기가 있고
웃음이 있어 좋다

0727 죽음

죽음보다 고독하고
쓸쓸한 것
어디 있을까

0728 암벽등반

바위 절벽을 올라가
정상에 서는 것
얼마나 힘들까

0729 그대 아는가

그대 아는가
사랑이 남기는
아름다운 추억을

0730 고비

이 고통과
위험한 고비를
어떻게 넘을 수 있을까

0731 이런 날에는

이런 날에는
그대가 곁에
있으면 좋겠다

0732 삶

단 한 번
왔다 가야 하는
초행길이다

0733 하루

하루하루는
나에게 주어진
가장 소중한 날

0734 주눅

가난하고
몸이 약해
주눅 들어 살았다

0735 줄

자기 줄대로 사는
사람은
탈 없이 잘 산다

0736 아침 기도

깨끗한 마음으로
아침 기도를
드리고 싶다

0737 보릿고개라서

쌀독은 비고
자식은 보채고
어매 가슴은 탄다

0738 음식 맛

보고 맡고 먹고
눈 코 입이
음식 맛을 안다

0739 곰국

가마솥 올린
아궁이가 불을 먹으면
뽀얀 곰국이 한 솥이다

0740 가방

가방을 열어놓으면
자꾸만 무언가를
넣고 싶어 한다

0741 서랍

서랍 속에
들어 있는 것들은
모두 다 과거다

0742 구름

구름이
허공에 매달려
비를 내리고 있다

0743 시련

지나온 곳마다
시련의 눈물이
한 방울씩 고였다

0744 비밀

내일은
비밀이다
아직 오지 않았으니까

0745 석탑

돌들은
원하지 않았는데
사람들이 쌓았다

0746 새우

바다가 저리 넓은데
왜 기죽어
몸을 웅크리고 살까

0747 떠난 자리

사랑하는 이 떠난
자리를 보면
눈물이 난다

0748 꽃이 떨어져도

꽃이 떨어져도
떠나는 그 길을
막을 수는 없다

0749 단소

한밤중에 앉아
단소를 불어보니
인생이 애처롭다

0750 동백꽃

엄동설한에
붉은 핏줄 돌아
붉게 핀다

0751 공포

무슨 일이
언제 닥칠지 몰라
무섭다

0752 날씨

날씨도
심통 난 듯
비 왔다 개었다 한다

0753 꽃

꽃 몽우리
찢는 아픔 없이
꽃이 필 수 있을까

0754 회귀

긴 기다림 뒤
회귀하여 돌아간다면
얼마나 좋을까

0755 붉은 석양

창문에 비치는
붉은 석양이
그림을 그려놓는다

0756 패랭이꽃

패랭이꽃
붉은 입술에
입맞춤하고 싶다

0757 깃발

바람을 잃은
깃발은 한순간에
시들어버린다

0758 별 없는 밤

별 없는 어두운 밤
하늘을 보기가
싫었다

0759 강촌

강촌은 흐르는
강물을 보며 사니
쓸쓸하지 않겠다

0760 모래성

아무리 모래성을
쌓아도
한순간에 무너진다

0761 채점

사람들에게는
눈에 보이지 않는
점수가 매겨져 있다

0762 우물

슬픈 날
우물에서
눈물을 퍼올렸다

0763 한때는

얼마나 많은 사람들이
이 말에 후회할까
"한때는"

0764 이웃

가까운 듯
멀고 먼
사람들이다

0765 탈

탈을 쓰면
사람이 탈 모양대로
변한다

0766 무명옷

무명옷은
아픔이 배인
이 땅 백성의 옷이다

0767 조약돌

바위가
조약돌 되는 걸
하늘은 보고 있었다

0768 보리밭

보리밭
보리 이삭마다
가난이 꽉 차 있다

0769 역마살

역마살이 든
구름과 바람
둘 중에 누가 더 떠돌까

0770 한겨울 꿈

함박눈 속에
봄 오는 소리가
들린다

0771 춘궁

춘궁에 청보리
손으로 비벼
입 안에 넣는다

0772 겨울 추위

겨울 추위가
싸늘해 발걸음을
재촉한다

0773 허사

허사에
헛다리 짚고
헛배만 자꾸 불렀다

0774 어리숙하면

조심해라
어리숙하면
큰일 난다

0775 예배당

예배당은 죄인들이
용서를 구하는데
왜 화려할까

0776 장마

화창한 햇볕에
장마 들어 우울한 마음
널어놓고 싶다

0777 어매

어매의 모진 가슴은
눈물이 흐르는
강물이다

0778 까치

까치가 서러움에
혼자 울다
날아가버렸다

0779 향이 흐른다

흐르는 물을 담아
작설차를 타니
향이 흐른다

0780 바다의 아침

갯내가
바다의 향기를
몰고 온다

0781 지루함

똑같은 일을
되풀이할 때
지루함에 빠져든다

0782 나를 위하여

나를 위하여
꽃도 피고 강물도 흐르고
태양도 뜬다

0783 철새

철새는 바다 건너
날아갈 수 있어서
얼마나 좋을까

0784 목수

목수는 손에 든
망치와 대패와 톱으로
천하를 다스린다

0785 저주

가난과 절망이
심장을 찌르는
저주와 비수가 되었다

0786 축배

이 순간을 위해
축배를 마련했다
잘 살아왔다

0787 평일

평일에는 특별한 일이
일어날 것 같지 않은
기분이 든다

0788 어머니의 손

어머니의 손에서는
언제나 따뜻한 마음이
전해진다

0789 어린 시절

어린 시절
엄마 젖가슴
만지다 잠들었다

0790 분수

분수는
하늘을 향하여
노래하다 떨어진다

0791 폭풍우 속에서

풀은 연약하지 않다
폭풍우 속에서도
살아남는다

0792 보리타작

보리타작을 하면
껍데기는 날아가고
알맹이가 얼굴을 보인다

0793 청혼

결혼하기를 청합니다
부디 내 마음을
거절하지 말아주세요

0794 수채화

자연의 아름다움을
가장 잘 그려낸
수채화

0795 글

글에는 작가의
마음과 성격이
숨어 있다

0796 생각

내 머릿속에
그대가 종일
걸어 다니고 있다

0797 풍란

절벽에서
모진 바람 속에
풍란이 꽃을 피운다

0798 외로울 때

외로울 때는
어두운 밤의
고독이 더 끔찍하다

0799 숲길

숲길을 걸어도
내가 누구냐고
아무도 묻지 않았다

0800 관절염

살기가 힘들었나
관절염이 걸려
무릎이 저리고 아프다

0801 거렁뱅이

걸신들린
고달픈 형색
삶이 모질다

0802 하늘 시계

인간의 시계는
발버둥치지만
하늘 시계는 정확하다

0803 겨울비

계절마저 배신하여
때 아닌
겨울비가 내린다

0804 비 오는 날

쏟아져 내리는 비가
강에 내리면 강물 되고
바다에 내리면 바다 된다

0805 나무들의 기도

나무들이
어둠 속에 서서
기도하고 있다

0806 봄밤

봄밤 꽃향기가
온 하늘을
뒤덮고 있다

0807 걸음걸이

노인은
세월이 달아날까
부러 천천히 걷는다

0808 살아가는 날

살아가는 날
하고픈 일을 하며
기분 좋게 살자

0809 미루나무

미루나무는
꼼짝 않고 서서
옛이야기를 전한다

0810 사람 사이

사람과 사람
사이에는
거리와 간격이 있다

0811 꽃으로 피는 것은

단 한 번이라도
꽃으로 피는 것은
멋진 일이다

0812 억새의 노래

억새의 노래가
가을 산과 들에
울려 퍼진다

0813 밉상

밉상이라
보기는 싫은데
소식은 궁금하다

0814 길손

모든 사람들이
길손이요
손님이다

0815 물수제비

호수에 던져본
물수제비
내 마음의 크기다

0816 섬과 바다

섬을 베개 삼으니
푸른 바다가
침대가 된다

0817 시치미

시치미를 떼고
모른 척하기가
쉽지가 않다

0818 다듬이소리

다듬이소리 들으면
엄마의 숨결이
느껴진다

0819 조등

누가 죽었나
마지막 조등이
문 밖에 달려 있다

0820 인생살이

가끔 인생살이
너무 괴로워
명치가 아프다

0821 착각

재미있는
착각은
즐거움을 준다

0822 사랑의 시작

가슴이 두근거리고
보고 싶어야
사랑이 시작된다

0823 행복을 빌어달라

우리들의 삶에
행복이 가득하도록
기도해달라

0824 손님

어릴 때는
손님이 오면
음식을 잘 차려서 좋았다

0825 오징어

오징어가 가슴 펴고
속 보여줬더니
말려서 씹어 먹는다

0826 한 잔만 더

한 잔만 더
외치다
날밤을 홀딱 새웠다

0827 석양

아름다운 석양은
하루가 떠나가는
시 한 편이다

0828 등꽃

어둠을 밝히려고
등꽃이
꽃 등불 밝혔다

0829 힘

지혜가 있어야지
힘자랑보다
어리석은 일은 없다

0830 의문

사람들은 의문을 갖는다
하늘에 정말
천국이 있을까

0831 정겨운 밥집

정겨운 밥집은
국 하나 반찬 하나에도
정성이 가득하다

0832 교도소

사람의 마음이
다 착해서 교도소가
없어졌으면 좋겠다

0833 갈매기

무심한 바다
친구 갈매기가
먼저 안부를 전한다

0834 자유

바다에서는 큰 고래가
헤엄치고 하늘에서는
새가 비상한다

0835 토마토

붉은 토마토
붉은 유혹에
입맞춤하고 싶다

0836 고뇌

비바람 몰아치는 날
바위는 말없이
얼마나 고뇌했을까

0837 하늘 산책

새들은 하늘을
마음껏 산책하며
날아다닌다

0838 아픔

아직은
견딜 만하다는 말은
지금 아프다는 말이다

0839 야간 등반

야간 등반하며
산 능선을
기어오른다

0840 엑스트라

너는 주인공이야
왜 스스로
잘못 선택하는 거야

0841 덕장

한겨울에 덕장에서
명태가
동태가 되었다

0842 절망

가야 할
모든 길이
절망으로 사라졌다

0843 명필가

명필가는
붓이 가벼워
춤추듯 글씨를 쓴다

0844 좋은 느낌

눈을 감아도
생각만 해도
아주 좋다

0845 풋잠

풋잠을
잠깐 잤는데
피곤이 도망갔다

0846 겨울 산

겨울 산이
봄 기다리며
발 동동 구른다

0847 막사발

막사발에
막걸리 한 잔
목을 축인다

0848 해맞이

동트는 것을 보며
희망을
간절히 원했다

0849 피땀 눈물

농부의 피땀 눈물이
가을걷이 귀한 곡식이
되었다

0850 사는 법

사는 법을 알고 나니
나사 빠진 듯
살고 싶지 않다

0851 마음의 하늘

하늘도 마음에 따라
다르게
보일 때가 있다

0852 혼자 살면

혼자 살면
얼마나 쓸쓸하고
외로운가

0853 감동

격한 감동이 밀려오면
눈물부터
그렁그렁하다

0854 엇박자

살다 보면
엇박자가 되어
아쉬울 때가 있다

0855 너무 울지 마라

너무 울지 마라
울고만 있으면
더 큰 아픔이 찾아온다

0856 도시의 밤

도시의 어둠 속에
숨어서 얼마나 많은
죄를 지을까

0857 비상

하늘을 날아가는 새야
희망하는 만큼
더 높이 날아라

0858 짝사랑

멋진 사랑을 꿈꾸다
시도도 못 하고
미수에 끝났다

0859 나무

내내 서 있었지만
죽어서도 잘라주어야
편안히 눕는다

0860 어제

어제는 놓쳐버린 날
하지 못한 일이
후회로 남는다

0861 응어리

세상살이
응어리가 생기고
울분이 꽉 찼다

0862 빗장

아무도 못 들어오게
생가슴에
빗장을 질렀다

0863 슬픔

슬픔과 아픔도
이겨낼 때
가치가 있다

0864 어서 오시라

언제든 생각나면
어서 오시라
반갑게 맞아주겠다

0865 복

복 버리지 말고
복 꺾지 말고
마음껏 누리고 살자

0866 쭉정이

바람에 날리는
쭉정이 꼴이
꼴이 아니다

0867 빈 마음

빈 마음이 되니
도리어 자유롭고
여유롭다

0868 아름다운 것

내 사랑하는 이
해맑게 웃는
모습이 아름답다

0869 찻잔

찻잔에 담긴
한 모금의 차가
내 마음을 다스린다

0870 물망초

홀로 핀 물망초
잊을 수 없는
누군가를 기다릴까

0871 백일홍

백일홍처럼 백 일 동안
꽃 피면
사랑을 만날까

0872 좋은 봄날

좋은 봄날
봄꽃이 다투듯이
활짝활짝 피었다

0873 대나무

마을의 뜬소문이
대나무 통에
모여 들었다

0874 세상 놀이

비극은 만들지 말고
만나지 말아야 할
세상 놀이다

0875 살다 보니

살다 보니 알았다
당신의 사랑이
소중하다는 것을

0876 무대

배우가 무대에서
연기하는 것은
크나큰 행복이다

0877 모래알

흙이 되기 전
마지막 작은
알갱이가 모래알이다

0878 꽃샘추위

꽃샘추위로
봄꽃 위에 눈꽃
설화가 피었다

0879 잘못

잘못 보았고
잘못 들었고
잘못 나갔다

0880 구름 편지

구름은
찾아올 때마다
비 소식을 전해준다

0881 앵두나무

슬픔이 터져
붉은 눈물로
열매 맺었다

0882 허전함

친구 떠나니
가슴 한쪽이
텅 비어버렸다

0883 낙심

낙망과 낙심이
지금 당장
멈췄으면 좋겠다

0884 연애

사랑할 때는 좋은데
심통 나면 보기 싫어
다시 안 한다

0885 음모

음모가 그물처럼 펼쳐지니
어디로 빠져나갈지
도무지 알 수 없다

0886 거리의 악사

음악보다
떨어지는 돈에
눈길이 간다

0887 비는 내리는데

비는 내리는데
갈 곳 없어
거리에서 비를 맞는다

0888 무명

이름 없이
무명으로 살아도
소박한 삶이 좋다

0889 삼류 인생

누구나 한순간에
삼류 인생으로
떨어질 수 있다

0890 유명

이름이 날수록
깊은 허무가
뒤따른다

0891 귀가 먹었다

세상 온갖 소리
평생 듣고 살다 보니
귀가 먹었다

0892 껍데기

껍데기 속에
알맹이 있다
함부로 무시하지 마라

0893 절망

절망 가득한 비극
낙심이
내 숨통을 조인다

0894 얼굴

얼굴은 모든 감정이
나타나는
살아 있는 화면이다

0895 누에

누에가 몸을 풀더니
끝없이 끝없이
실을 토해낸다

0896 임종

삶이 끝나는
임종의 시간
지극히 고요하다

0897 풀의 욕망

빈틈에 돋아나는
풀의 욕망이
무섭다

0898 여인숙

싸디싸서 좋지만
잠자리는
피곤하다

0899 싸움

싸우며 사느라
고통이 알알이 박혀도
다시 일어나자

0900 때에 따라

때에 따라
마음도 날씨처럼
맑고 흐릴 때가 있다

0901 비우기

욕심을 버리고
마음을 비워야
나눌 수 있다

0902 국화꽃

국화꽃은
가을에 찾아온
참 반가운 손님이다

0903 돌아갈 길

돌아갈 길을
찾지 못하면
마음에 병이 생긴다

0904 방황

그때는 뚜렷한
이유도 없이
훌쩍 떠나고 싶었다

0905 사랑하는 사람

사랑하는 사람이
내 마음에
별이 되어 떠 있다

0906 벼루

벼루에 먹물을 갈아
하얀 화폭에 붓으로
길을 낸다

0907 목각 인형

말하지도
숨 쉬지도 못하는
목각 인형이 안쓰럽다

0908 횡재

횡재로 들어온
많은 돈은
불행을 데려온다

0909 해장국

해장국에
술기운 싹 사라져
몸이 개운하다

0910 창

창은 바람이
오고 가는
소통의 문이다

0911 가장자리

가장자리가
있어야
중심도 있다

0912 인생살이

한 일은 없고
빚만 지고 가
미안하다

0913 딱따구리

부리가 없으면
어떻게 집을
지을까

0914 갈망

갈망하는 마음으로
쪽빛 바다에
배 띄워 떠나고 싶다

0915 텅 빈 하늘

텅 빈 하늘은
구름과 새들이 노는
자유로운 세상이다

0916 민들레

오지랖 넓은 민들레
봄날 곳곳에서
노란 웃음꽃 활짝 핀다

0917 해 질 무렵

해 질 무렵
가족들이 돌아올 시간
기다려진다

0918 의구심

정말 그럴까
의구심 속에
머리 아프다

0919 웃음소리

웃음소리를 들으면
그 사람의
마음을 알 수 있다

0920 외투

추운 겨울날
찬바람 막으며
외투가 고생이 많다

0921 콩국수

무더운 여름
콩국수 면발 당기는
재미가 쏠쏠하다

0922 일꾼

일이 손에 붙으면
밥 벌어 먹고산다는데
여전히 배고프다

0923 만년필

만년필이 잉크를
먹고 나면
글씨를 뽑아낸다

0924 억지 인연

우리 서로 싫어지면
떠나자
억지 인연은 없다

0925 벙어리 전화

받으면 벙어리 전화
말이 없다
왠지 불안이 스쳐간다

0926 관통

처음 보았을 때
사랑이 관통하여
가슴을 뚫었다

0927 시작 노트

혼자 있을 때
차를 타고 다닐 때
떠오르는 연상을 써놓는다

0928 살기 좋은 세상

한 사람 한 사람이
선한 마음으로 살면
살기 좋은 세상이 된다

0929 지옥 생활

스스로 삶을
엉망진창으로 만들면
지옥 생활이다

0930 봄이 오면

봄이 오면
초록의 푸른 길이
활짝 열린다

0931 깨달음

진실한
깨달음이 있어야
성숙해진다

0932 한계

스스로
한계를 그어놓고
불행을 생산하지 마라

0933 냄비

뜨겁게 끓다
한순간
식어버린다

0934 힘들 때

힘들 때는 조금만
생각할 시간과
여유를 달라

0935 수다

말이 쏟아져
수다 떠는 소리가
소낙비 같다

0936 물

생명을 주는
물이 살아야
모든 것이 살아난다

0937 식은 커피

커피 잔을 놓고
정신줄을 놓았더니
커피가 식어버렸다

0938 열차표

열차표 한 장이면
갈 것을
왜 진작 못 갔을까

0939 한마디 말

당신이 나에게
한마디 말을 하라면
"사랑한다!" 말하고 싶다

0940 독

독을 품으면
품을수록
남는 상처가 크다

0941 황혼이 찾아오면

황혼이 찾아오면
세월도 같이
늙는다

0942 아리랑

아리랑 구절구절에
이 땅의 애환이
담겨 있다

0943 등산

산이 언제나
받아주기에
길 찾아 오른다

0944 문안

통 소식 없어
내가 먼저 연락했소!
잘 있소!

0945 몰랐던 사람

몰랐던 사람을
알고 지내다가
다시 모르는 사람이 되었다

0946 불씨

희망의 불씨는
세상을 밝혀주는
빛이고 소망이다

0947 산맥

산들이 모여서
서로 키 재기를
하고 있다

0948 한 편의 시

스쳐 지나가던
생각 하나
한 편의 시가 되었다

0949 오색 단풍

누가 나뭇잎을
다섯 가지 색깔로
단풍 들게 했을까

0950 비 내리는 날

눈물샘이 터지니
온 세상이
눈물 밭이다

0951 바퀴

바퀴는
바퀴 크기만큼
맴돌며 살아간다

0952 가을이 떠나려고

가을이 떠나려고
낙엽을 벗어던지면
마음이 쓸쓸하다

0953 한숨 소리

살다 보면 힘들 때
한숨 소리가
저절로 나온다

0954 허공에 흔들려도

꽃은 부질없이
허공에 흔들려도
아름답다

0955 아이들

까까머리 아이들의
눈망울이
참 맑다

0956 빨래

빨래를 하면
지난 시간을 지우고
새 시간을 만든다

0957 눈초리

눈초리 각도에
따라서
감정이 다르다

0958 전설

세월이 흘러가며
수많은 이야기들이
전설이 된다

0959 화분

화분의 크기만큼
식물이 자라고
꽃이 핀다

0960 추억

나이 들수록
세월이 안타까워
추억을 원한다

0961 이 닦기

내가 한 말이
아직 남아 있어
깨끗하게 이를 닦는다

0962 힘든 하루

살다 보면
유난히 버티기 힘든
하루가 있다

0963 하늘이 파란 이유

천둥 번개 소리에
놀라서
하늘이 파래졌다

0964 생명

생명이 탄생하고
자라나는 것은
놀라운 일이다

0965 기다림

기다림은
견디기 힘들지만
때로는 즐거움이다

0966 오직 하나

진실한
내 사랑은
오직 하나다

0967 구두

구두는 나의 길을
함께 걸어가는
동반자다

0968 하루가 힘들었는지

하루가 힘들었는지
노을 지는 하늘이
쏟는 피가 멈추지 않는다

0969 달팽이

달팽이는 기어 다녀도
가야 할 길은
길눈이 밝아 잘 간다

0970 품

품이
넉넉할수록
편안하다

0971 버티는 힘

버티는 힘을
바위에게
배워야 한다

0972 올가미

누구나
올가미에 걸려들면
불행하다

0973 뜰

뜰은 햇빛과 바람,
새들도 놀다 가는
정겨운 놀이터다

0974 하얀 종이

깨끗한 종이에
생각과 마음을 쏟아
시 한 편 쓰고 싶다

0975 과수원

과수원에 많던 열매가
외출 중이다
다시 찾아올 것이다

0976 걸음마

세상을
걸어가기 위해
걸음마를 배운다

0977 돌아보아도

뒤돌아보아도
아무런 후회 없도록
즐겁게 살아가자

0978 건망증

건망증 걱정하지 마라
잊어버릴 것은
잊어버려도 좋다

0979 방문객

이 세상 누구나
방문객이지
주인은 없다

0980 숫돌

숫돌은 제 몸을 깎아
서슬 퍼런 날을
세워준다

0981 해빙

겨우내 얼었던
얼음이 녹아
봄 강에 흐른다

0982 황토 집

황토 집에 살면
봄에 내 몸에서도
싹이 날까

0983 단풍나무

단풍나무가
초록처럼 내숭 떨더니
붉은 단풍이 되었다

0984 풀

바람에 풀들이
일제히 쓰러질 듯하다
힘차게 일어선다

0985 미식가

음식 따라
맛 따라
미식가가 찾아간다

0986 무거운 슬픔

무거운 슬픔은
다시 회복할 수 없는
아픔이다

0987 몸이 병들면

몸이 병들면
입에서
앓는 소리가 난다

0988 마음씨

마음씨가 좋고
성격이 구수해야
만날 맛이 있다

0989 텃밭

내 텃밭에는
마음대로
심어도 좋다

0990 고백

모든 게
나의 잘못이었음을
고백하고 싶다

0991 풍물놀이

풍물놀이 한바탕
놀고 나면 신바람이
계속 따라다닌다

0992 쑥 뜯기

들판에서
쑥들이 날 데려가라고
부르고 있다

0993 내 입장

내 입장만
계속 내세우면
주변 사람이 괴롭다

0994 마지막

마지막이라
더 이상 볼 수
없는 것은 절망이다

0995 인사

짧은 순간이지만
반가운
만남의 시작이다

0996 물음표

궁금증이 풀리지 않으면
물음표가 해답을
내놓으라고 재촉한다

0997 염치

염치만 없나
눈치코치
하나도 없다

0998 짐

짐 없이 살면
도리어 허전하고
불편하다

0999 약속 없이

약속 없이 기다리는데
차만 올 뿐
올 사람은 기약도 없다

1000 단막극

단 한 번 올리는
인생이라는 단막극의
주연 배우가 되었다

1001 속사정

어떤 마음인지
겉으로는 알 수 없어
속사정이 궁금하다

1002 돌

바위가 돌이 되려고
얼마나 굴러다녔으면
둥글게 되었을까

1003 꿈길

꿈길은 눈뜨고는
절대로
갈 수 없는 길이다

1004 웃음꽃

절망을 이겨내면
웃음꽃이
활짝 핀다

1005 소리

소리가 전부 다
어디로 떠났을까
고요하다

1006 벽화

삶의 이야기를
사람들은 벽화로 그려
남기고 싶어 했다

1007 아기

천진난만한
아기 웃는 모습에
아무 걱정이 없다

1008 병든 장미

병든 장미라고
꺾지 마세요
지금 아파요

1009 주막

외로워 주막을 찾았더니
주모가 졸며
알은체 않는다

1010 엽서

쓸 말 없어도
전하고 싶은
마음은 있다

1011 벚꽃 놀이

봄이 왔다
벚꽃 피었으니
벚꽃 놀이 가자

1012 뜨끈한 국밥

한겨울 추위에
뜨끈한 국밥 한 그릇
생각이 난다

1013 폐광

떠들썩하게 일하던
광부들은 어디로 갔을까
폐광이 쓸쓸하다

1014 햇살

한겨울 비추는 햇살
태양의 조각이
포근하고 따뜻하다

1015 첫사랑

세월이 흐를수록
아련해지는 첫사랑
보고 싶다

1016 허깨비

부귀영화가 전부인 양
허깨비 쫓는
사람들이 많다

1017 나는 누구냐

나는 누구냐
끝없는 질문 속에
끝없는 대답을 만들어낸다

1018 장날

순댓국 한 그릇
먹는 맛에
장날이 기다려진다

1019 피신

나를 피신하여
도망치고 있는데
다시 찾아올까

1020 아이 웃음

토끼 이빨을 보이며
해맑게 웃는 아이
참으로 예쁘다

1021 외박

낯선 도시에서의 외박
밤에 잠이 오지
않았다

1022 가출

살다 보면
가끔씩 멀리 가출하여
떠나고 싶다

1023 가을 들국화

가을 들국화
눈빛은
누구를 보고 있을까

1024 추석 달

추석에 보는 달
왠지 모르게
유난히 커 보인다

1025 백지

삶은 백지다
함부로
낙서하지 마라

1026 현대인의 고독

사람들과
어울리지 못하고
홀로 갇혀 있다

1027 학교 앞 서행

학교 앞 서행하라는데
성질 급한 차들이
경적을 울려댄다

1028 마음

접시처럼 깨지지 않게
항아리처럼 부서지지 않게
마음을 강하게 갖자

1029 휴일

열심히 일한 후
휴일이 찾아오니
편안한 쉼표다

1030 오늘

가장 소중한 날
오늘이 없으면
내일도 없다

1031 마네킹

마네킹이 사람처럼
서 있더니
말하고 싶어 한다

1032 품바

품바로 분장해도
연기를 잘하면
인기가 좋다

1033 소용돌이

소용돌이 속에
정신없이 흘러가는
세월이 안타깝다

1034 포도나무

마른 가지에서도
포도가 주렁주렁 열리니
대단한 힘이다

1035 아름다운 사랑

떠난 후에도
지워지지 않고
남아 있는 사랑 아닐까

1036 실연

실연을 당하여
돌아오는 길
멀고도 멀었다

1037 봄의 한 장면

노란 개나리꽃
줄지어
피어나고 있다

1038 대화

먼저 말하지 않고
말을 들어주면
좋은 사이가 된다

1039 담배

담배를 피울 때마다
연기로 사라지는
허무함이 가득하다

1040 그러지, 뭐!

마음에 안 들어도
마지못해 해주는 말
"그러지, 뭐!"

1041 못난이

못난이가 하는
못난 짓마다
볼썽사납다

1042 늙은 해녀

늙은 해녀는
전복과 소라를 잡는
바다가 자유롭다

1043 고백의 순간

내 마음을
넌지시 고백하면
받아줄까

1044 등대

파도치는
어두운 밤에도
등대는 꿋꿋하다

1045 보금자리

등을 기대고
누울 수 있는
보금자리가 좋다

1046 손길

사랑하는 손길은
보이지 않아도
느낄 수 있다

1047 봄비

산, 들, 강, 바다 모두 다
봄비를 환영하며
두 팔 벌려 받아준다

1048 질곡

삶이 너무 힘들고
괴로우면
눈물도 자꾸 자란다

1049 실족

인생 길 가다 보면
길을 잃어
실족할 때도 있다

1050 미장이

미장이 손길이
지나가면
말끔하게 단장된다

1051 꼬마 아이

꼬마 아이 줄방귀 뀌며
뛰어가는 모습 귀여워
미소 짓는다

1052 탄생

새롭게 탄생한
아기는 천하보다
귀한 생명이다

1053 택배 노동자

택배 노동자
세상 떠난
죽음의 고리가 안타깝다

1054 게으름

게으름은 사람을
시들고 불행하게
만든다

1055 새벽 종소리

새벽 종소리에
잠들었던 마음이
깨어난다

1056 동굴

동굴 속
어둠이 깊은 곳
궁금하다

1057 자연의 향기

자연에는 꽃향기,
산 향기, 들 향기,
바다 향기가 가득하다

1058 된장

세월이 흘러갈수록
된장이 곰삭아
맛이 좋다

1059 중독자

술이 당기고 달아
줄창 마시더니
알코올중독자가 되었다

1060 광야

광야에서 풀들이
자유롭게
돋아나고 있다

1061 어느 날의 꿈

어느 날의 꿈처럼
못다 한 사랑을
마음껏 하고 싶다

1062 당나귀

짐 지고
걸어가기도 힘든데
제발 재촉하지 마라

1063 한가로운 날

한가로운 날
냉커피 한 모금에
정신이 번쩍 난다

1064 비석

산 자가
죽은 자를 위해
비석을 세웠다

1065 휴게소

차들도 배고픈가
주유소에서
밥 먹고 떠났다

1066 꿈길

꿈속에서는
가고픈 대로
꿈길을 걸어간다

1067 회항

배는 돌아오는데
인생은
돌아오지 않는다

1068 노래의 힘

하나가 되는
노래의 힘은
강력한 주술 같다

1069 방패막이

방패막이가 있어
뚫고 나갈
용기가 생긴다

1070 실개천

실개천이
바다가 되려고
열심히 달려간다

1071 매듭

인생도 매듭도
끈을 꽉 조여야
잘살 수 있다

1072 그랬지

그땐 그랬지,
세월이 가면
이해가 된다

1073 무인도

무인도는 그리움에
지나는 배도
반겨준다

1074 가장

처자식이 딸린 가장은
가족을 위해서라면
없던 힘까지 뽑아 낸다

1075 빈자리

어매
세상 떠나니
빈자리가 크다

1076 가을 하늘

무더위 떠나고
가을 하늘 눈이
파랗게 살아났다

1077 미친 사랑

언젠가 불타오르는
미친 사랑을
한번 하고 싶다

1078 낮잠

팔자 좋게
놓친 잠
낮잠으로 대신한다

1079 탈출

누구나
고된 삶에서
탈출하고 싶어 한다

1080 씨앗

씨앗
한 알 한 알이
얼마나 소중한가

1081 서리

추었던 간밤에
내린 서리는
겨울 소식이다

1082 밥도둑

맛좋은 게장
몇 숟가락에
밥이 감쪽같이 사라졌다

1083 죽순

죽순이 그렇게
빨리 자랄 줄
누가 알았을까

1084 설마

설마 괜찮겠지,
그럴 리가 하다
영영 놓쳐버렸다

1085 가을 색

울긋불긋 오색 단풍
온통 가을 색으로
초대되었다

1086 메타세쿼이아

메타세쿼이아는
누가 보고 싶어
자꾸만 키가 클까

1087 개구리

개구리가 목청 터지게
울어대더니
비가 쏟아진다

1088 이슬 한 방울

풀잎을 찾은
이슬 한 방울
풀잎은 온몸으로 받는다

1089 안경

안경을 써야
잘 보이니
좋은 시절 다 갔다

1090 새 생명

봄이면 들판에
새 생명의 싹이
힘차게 돋아난다

1091 깨끗한 이별

잘 만나서
잘 살다가 잘 떠났다
깨끗한 이별이다

1092 이승에 살면서

이승에 살면서
저승이 느껴지면
황혼이다

1093 지푸라기

힘들 때는
지푸라기라도
잡고 싶었다

1094 볼 수 없어서

보아도
보지 못해도
서러움에 눈물이 났다

1095 단 하루를 살아도

단 하루를 살아도
사람은 사람답게
살아야 한다

1096 골목길

옛 친구와 뛰놀던
그리운 골목길
지금도 그대로일까

1097 말뚝

내 마음에 말뚝을
누가 박았을까
심보가 고약하다

1098 행진

사람들은 모두 다
죽음의 길로
행진하고 있다

1099 공감

둘이 어떻게
하나 같을까
감탄이 절로 나온다

1100 망초꽃

망초꽃
작게 피어도
국화꽃 닮고 싶었다

1101 혼돈 속에

혼돈 속에
이럴까 저럴까
망설였다

1102 무인도

아무것도 없다 마라
무인도에도
살고 있는 것 많다

1103 막다른 골목

막다른 골목
더 이상 갈 수 없다
출입 금지

1104 깨어 있는 날

사방이 고요하고
모두 잠든 밤
괜한 걱정에 깨어 있다

1105 사투리

고향 사람 만나면
금방 나오는 사투리
가까워지는 말이다

1106 구슬

구슬아!
어딜 가려고
대굴대굴 굴러가느냐

1107 산다는 것

왜 사냐 물으면
그냥 마지못해 살아요
말하는 사람 많다

1108 늙은 소

늙은 소가
죽을 날을 알았는지
울음조차 허공을 친다

1109 작은 멸치

작은 멸치는 바다의
거센 파도 속에서
어떻게 살까

1110 흉터

흉터는 치열했던
싸움을 치른
흔적이다

1111 솟대

솟대 위에
나무 새 한 마리
날지 못해 앉아 있다

1112 좋은 날

너무 좋은 날
오래 기억되는 날
같이 만들자

1113 돌팔매

돌을 던지는 것보다
말을 던지는 것이
더 무섭다

1114 눈망울

맑고 초롱초롱한
눈망울은
거짓말 못 한다

1115 소리꾼

세상이 쩌렁쩌렁
울리도록
목청이 좋다

1116 웅변가

목청 높여 웅변하지만
아무도 귀 기울이지
않는다

1117 운명의 굴레

운명의 굴레는
스스로
만들어가는 것

1118 진심

정직하고
순한 마음에
친근함을 느낀다

1119 세상

겉으론
잘 살사는 것 같아도
속으론 아픔이 많다

1120 젊음

푸르디푸른 젊음
희망의 씨앗
빛나는 건 틀림없다

1121 다정다감

다정다감한
눈빛과 말이
그립다

1122 신선놀음

일도 안 하는
건달이 멋 부리며
신선놀음을 즐긴다

1123 선잠

선잠을 깼다가
푹 잠들지
못해 아쉽다

1124 여행 떠나기

여행 떠나기 전날
마음이
가장 설렌다

1125 미워해도

미워해도
슬퍼 마라
어떻게 좋아만 하는가

1126 만약에

만약에
한 번쯤은 어떨까
생각해보았다

1127 뒤늦은 생각

뒤늦은 생각으로
불행을
만들지 말자

1128 낙엽이 떨어지면

낙엽이 떨어지면
나무는 그때부터 다시
봄을 기다린다

1129 봄날

봄날 꽃 중에
제일 예쁜 꽃은
맨 처음 피는 꽃이다

1130 새벽 배

새벽 배는 어둠을 뚫고
파도를 헤치며
고기 잡으러 간다

1131 붉은 사과

붉은 사과를
입술을 훔치듯
깨물어 먹는다

1132 속수무책

세월이 흘러가고
나이가 들어가도
속수무책이다

1133 소금

바닷물이 온몸을
졸이고 졸여
짠맛을 만든다

1134 술자리

술은 안 먹고
안주만 축내는 놈
눈치도 없다

1135 면도

하루만큼 자란
얼굴의 뿌리를
말끔하게 잘라낸다

1136 바람이 불면

바람이 불면
풀잎들이 몸서리치며
흐느껴 운다

1137 혼잣말

가슴에 한이 맺히면
혼잣말이
툭툭 터져 나온다

1138 고독한 밤

고독한 밤
처량한 초승달이
심장을 찌른다

1139 황홀한 노을

해가 떠나기 싫은지
저녁마다
황홀한 노을로 물든다

1140 시루떡

장작불 가마솥의
시루떡
잘도 익는다

1141 푸른 하늘 아래서

푸른 하늘 아래서
잘 살아가지
왜 죄짓고 살까

1142 음지

그늘에서도
햇빛 그리워하며
풀이 자란다

1143 면회

잘 있었소
보고 싶어
잠시 왔다 가오

1144 지루한 사람

지루한 사람은
만나면 만날수록
지치고 힘들다

1145 생기 있는 사람

잘 웃어 행복하고
생기 있는 사람
얼굴 보면 힘이 난다

1146 어떤 슬픔

구름은 떠돌다
어떤 슬픔 보았기에
저리 눈물 흘릴까

1147 호떡

길 가다가 배고파
호떡을
눈으로 먼저 낚았다

1148 초록

봄에 초대된
초록 잎들이
싱싱하게 자란다

1149 외로운 날

외로운 날
하늘 구름마저
외롭다

1150 화살표

이 방향으로 가시오
누군가 말해주면
좋을 텐데

1151 아프지 마라

아프지 마라
못 만나고 살지만
멀리서 기도한다

1152 그 사람

그 사람이
그리워 살고
보고파 산다

1153 임종

사랑하는 이
임종을 보니
미안한 마음뿐이다

1154 달빛

어두운 밤 외로운데
달빛이 있어 그나마
다행이다

1155 철야

밤 꼬박 새워
철야하며 일해도
쥐꼬리 월급 고달프다

1156 급행열차

뭐가 급한지
헐떡대며
달린다

1157 들밥 새참

땀 흘리고 먹는
들밥 새참이
꿀맛이다

1158 허물 벗기

과거를 허물 벗듯
깨끗이 벗어버리고
새롭게 살자

1159 지우개

지우개가 있다면
가장 먼저
당신을 지우고 싶다

1160 웃음 열매

눈물 씨 뿌려야
나중에
웃음 열매 거둔다

1161 벚꽃이 피면

벚꽃이 피면
그대 오시려나
하룻밤 사랑 나누고 싶다

1162 떠나보내는 것

일생 동안
떠나보내는 것이
일상이다

1163 망향

고향에
가지 못해
그리움만 가득하다

1164 내 마음의 맷돌

내 마음의 맷돌에
고독을 넣어 갈았더니
시가 되었다

1165 평일

평일 뉴스는 떠들썩한데
나한테는 아무 일도
일어나지 않는다

1166 짧은 삶

짧은 삶이지만
우물쭈물대다
기회를 놓친다

1167 마음

내 마음을
그대 곁에 두고
살고 싶다

1168 차라리

차라리
너를 만나지 않았다면
이별도 없었을 텐데

1169 순례자

용서받기 위하여
참회하고 참회하며
순례자 길을 걷는다

1170 돌에 남긴 흔적

화석은
지나간 세월이
돌에 남긴 흔적이다

1171 첫눈이 내리면

첫눈이 내리면
첫사랑 만난 듯
기분이 좋다

1172 눈빛 가득히

눈빛 가득히
그리움
밀려온다

1173 비밀번호

나만 안다고
오해하지 마라
풀리니까 비밀이다

1174 눈물 밥

눈물 밥을
먹어보아야
삶의 진짜 맛을 안다

1175 제주 올레길

제주 올레길 걷다가
홍해삼 먹으니
바다 꿀맛이다

1176 간직

사랑이 만든
마음의 지문은
늘 간직하고 싶다

1177 매몰

하나씩하나씩
매몰되듯
지워지고 떠나간다

1178 겨울 길

겨울이 도망갈까
함박눈이
하얗게 덮어버렸다

1179 껍데기

껍데기가
없으면
알맹이도 없다

1180 엄마

아기를 배 속에서
키우는 엄마는
위대하다

1181 뺄셈

욕심내서
덧셈만 하지 말고
뺄셈하며 살자

1182 무더위

칼날 꽂히는
무더위 햇살에
풀잎도 시들었다

1183 타작마당

타작마당에
알곡만 남고
껍데기는 날아간다

1184 꾀잠

자는 척 꾀잠에
남은 속여도
너는 못 속인다

1185 떠돌이

머물 곳 없는
떠돌이 인생
사나운 팔자다

1186 앉은뱅이꽃

까치발을 들고
일어서지 못해도
앉은뱅이꽃 피었다

1187 나뭇가지

바람 불면 성질나서
나뭇가지
허공을 때린다

1188 찬밥

남은 찬밥
배고파
눈물에 말아 먹는다

1189 술래

갈 길을 찾는
술래인가
이곳저곳 찾는다

1190 멀고 먼 사랑

멀고 먼 사랑을
그리움으로
바라보고만 있다

1191 오동나무

오동나무
한 그루 한 그루에
가야금이 들어 있다

1192 빈터

빈터에 바람만
오락가락하는데
주인은 잡초다

1193 늙은 어부

늙은 어부는
바다를 만나면
친구를 만나듯 반갑다

1194 악마

선을 버리면
누구나 추악한
악마다

1195 음악

이 세상 어느 곳에나
음악과 리듬이
흐른다

1196 절망의 시절

하루하루 버티며
살기가 힘들어
포기하고 싶었다

1197 피멍

고난으로 피멍이
잔뜩 들었던
비참했던 시절

1198 빈집

주인 떠난 빈집이
허물어지면서
먼지만 토해낸다

1199 메밀꽃

한여름에
메밀꽃 피어
눈밭을 만들어놓았다

1200 보고 싶다

이리 살아도 될까
허무한 마음이 들고
돌연 네가 보고 싶다

깊고 깊은 밤
네가 내 곁에 있어
나는 잠들지 못했다

1201 지루한 삶

변화 없이
힘들게 버티면
지루한 삶이다

1202 바람기

혼자 생각하고는
좋아서 웃다가
들킬까 봐 무서워 떨었다

1203 골짜기

바람이 불 때
비가 올 때 골짜기가
잠시 채워진다

1204 봄 햇살

봄 햇살이
나뭇가지에 손을 대니
봄꽃이 피어난다

1205 해바라기

해바라기는 뭐가 좋아
얼굴 하나 가득
웃음꽃 필까

1206 어둠

어둠이 아무리
깊고 두껍고 단단해도
해가 뜨면 사라진다

1207 곰

배가 고픈 걸
잊어버렸나
긴 겨울잠을 잔다

1208 양지

양지에는 햇살이
모여 만든
따뜻한 온기가 있다

1209 내 탓

내 탓이라 하는데
변명하지 못해
참담한 심정이다

1210 사람 사이

사람 사이는
반죽 좋은 것보다
진실해야 통한다

1211 착한 당신

여보
내가 있잖아
뭘 걱정해

1212 망설임

말로 표현 못 하고
어떻게 할까
갈피 못 잡는다

1213 그리움이라는 말

떠난 후에
알았다
그리움이라는 말

1214 죽음

죽음이 찾아오면
정 끊으려
차갑게 식는다

1215 소년

소년은
내일은 우리들의
희망이라 외친다

1216 고성

오래된 고성에
옛이야기가
추억처럼 쌓여 있다

1217 나들이

나들이 길
마음 설레고
발걸음 가볍다

1218 가을비

심술궂은 가을비
빛 고운 단풍을
떨어뜨렸다

1219 거울을 혼자 볼 때

거울을 혼자 볼 때는
잘생겼는데
둘이 보면 못생겼다

1220 그때

그때가 왠지
자꾸 좋아
그리워진다

1221 밤이 되면

밤이 되면 창들은
어둠을 밝히려
하나둘 눈을 뜬다

1222 감 익는 마을

마을이 복이 많아
노란 등불을
주렁주렁 켜주었다

1223 골리앗

세상은 골리앗이다
물맷돌 던져 이기는
다윗이 되고 싶다

1224 서가

한 권 한 권
책을 사러 갔던
책방이 생각난다

1225 조그맣던 꿈

조그맣던 꿈이
커다란 꿈이 되어
이뤄지는 것을 보고 싶다

1226 귤

귤껍질 속
한 가족 사랑이
달콤하다

1227 고인돌

죽음이 아쉬워
기억하려고
고인돌 세웠다

1228 소포

누가
따뜻한 마음을
소포로 보냈을까

1229 미루지 말자

꿈도, 사랑도, 여행도
미루지 말자
해야 할 때 하자

1230 태양

태양은 뜰 때도
눈부시게 아름답지만
질 때도 아름답다

1231 시인의 눈

시인의 눈은
모든 것에서
시를 찾아낸다

1232 쑥떡

쑥 향기가
쑥떡 맛을
쑥쑥 살려낸다

1233 걸인

사람들은 살면서
모양만 다르지
죄다 걸인처럼 산다

1234 정

정은
깊어갈수록
두터워진다

1235 디자인

시인은 언어를
사람은 인생을
디자인한다

1236 운명적 사랑

이룰 수 없고
이룰 수 없는
운명적인 사랑

1237 선행

나무처럼
살아서나 죽어서나
전부 주는 선행이 있을까

1238 농부

거친 땅에서
땀 흘린 만큼
열매를 거두는 사람들

1239 지나고 나면

지나고 나면
아름다운 추억만 남아
그때가 좋았다 한다

1240 가을 시

푸른 하늘 오색 단풍
떨어진 낙엽이
가을 시 한 편 썼다

1241 벽

태양이 떠도
가로막는 벽이 있으면
그늘지고 어둡다

1242 일식

회 한 점 올린
초밥 하나에
바다가 찾아온다

1243 동침

다른 둘이
하나가 되는
깊은 사랑

1244 강가 나룻배

손님 없어
강가 나룻배 혼자
발 담그고 놀고 있다

1245 홀로 가는 길

함께 어울리다
훌쩍 홀로 가는 길
안타깝다

1246 집시

춤추고
노래하는
떠돌이 인생

1247 청년

젊음 하나뿐이지만
무엇이 두려운가
못할 것이 무엇인가

1248 납골당

여기 들어오려고
그리도 모질게
억척스럽게 살았나

1249 들소

들소는
넓은 들판의 자유를
마음껏 누리며 산다

1250 추운 날

몹시 추운 날은
가로등 불빛도
왜소하다

1251 밤비

수심이 가득하니
밤비에
가슴이 젖는다

1252 깊고 깊은 밤

깊고 깊은 밤
네가 내 곁에 있어
나는 잠들지 못했다

1253 평화

평화가 찾아오면
싸우는 소리가
들리지 않는다

1254 박해

힘없는 민중을
박해하고 짓밟는
소리 들린다

1255 폭주

그동안
지나친 욕심으로
폭주하며 달려왔다

1256 차향

차를 마실 때
향을 먼저 느끼면
차 맛이 살아난다

1257 절벽

어느 석공이
이 위대한 작품을
오랜 세월 깎아 만들었나

1258 산사

산사의 스님이
외로운지
말이 많다

1259 그릇

써야 그릇이지
쓰지 않으면
쓸모없다

1260 지팡이

낡을수록
노인과 함께 다닌
많은 길이 새겨져 있다

1261 빚

매일 괴롭혀서
안 쓰기로 했다
빚 없는 것이 행복이다

1262 연인

문득문득
그리움이 밀려오면
같이 갔던 곳 가고 싶다

1263 꿈속에서 보는 님

밤마다
꿈속에서 보는 님
꿈이 안 깨면 좋겠다

1264 가을 고독

국화차 한 잔 마시다
창밖을 보니
가을 고독이 내린다

1265 오타

책마다 오타가 있듯
잘못이 전혀 없는
사람은 없다

1266 해마다

해마다 동백꽃은
다시 피는데
떠난 사람 오지 않는다

1267 돌아보기

혼자만 잘살려고
하지 말고
더불어 살자

1268 한밤에

한밤에 홀로 걷는 길
외로운데 달빛이
따라오니 고맙다

1269 어부의 아내

파도 거칠수록
어부의 아내는
가슴이 미어진다

1270 파업

힘이 들고
마음이 아파 오늘은
파업하기로 했다

1271 화음

자연은 가공 없이
멋진 화음으로
노래를 부른다

1272 술집

왜 사람들이
술집을 들락거릴까
주인장이 마음에 드나

1273 외진 골짜기

사람이 찾지 않는
외진 골짜기에
오늘 야생화 피었다

1274 과수원

가꾸면 가꿀수록
과실들이
탐스럽게 열린다

1275 겨울의 끝

겨울의 끝
봄을 기다리다 못해
목련이 툭 피었다

1276 은밀하게

어둠이 가득하니
비밀이 많을 것 같다
불안이 밀려온다

1277 자장가

엄마의 손길과
자장가 노래 따라
아기 잠든다

1278 버들피리

들길 따라
버들피리 불고 가면
어린 시절로 돌아간다

1279 세상사

세상사 좋을 때는
소식 주는 사람도 많더니
힘드니 다 떠났다

1280 목마

목마는 말이어도
나무라 달릴 수 없는
아픔이 있다

1281 고갯길

마음이 무거우니
고갯길 하나
넘는 것도 힘들다

1282 상가

만수하고 떠났나
불 켜진 상가에
울음소리 전혀 없다

1283 미치광이풀

어쩌다 미쳐서
미치광이풀이
되었을까

1284 밤 주막

밤 주막에서
남 이야기 하느라고
밤 깊은 줄 모른다

1285 폼

세상의 모든 것이
제각기 폼을 잡는다
누구 폼이 나은가

1286 눈보라

가난하고
괴로울 때는
눈보라도 매정했다

1287 풀잎 노래

바람이 불어야
풀잎들이
노래를 부른다

1288 파괴

웃음이 달아나고
기쁨이 쓰러지고
고통만 남았다

1289 여우

고개를 넘을 때
정신 차려라
여우가 홀린다

1290 추운 겨울

추운 겨울은
꽁꽁 얼리고 싶은
마음만 가득하다

1291 치워버려라

비참하게 두지 말고
깨끗하게 치워버려라
그게 낫다!

1292 분주하게 살면

분초 다퉈
분주하게 살면
속만 탄다

1293 땅거미

뭐가 아쉬운지
어둠이 찾아오기 전
땅거미가 내린다

1294 그리워하며

우리 떠나 있어도
서로 그리워하며
살아가자

1295 성터

성터에는
화려했던 왕국이 떠나고
쓸쓸함만 남았다

1296 어제 내린 비

어제 내린 비처럼
슬쩍 왔다 가는 사람이
얼마나 많을까

1297 첫눈

첫눈이 온 세상에
겨울이 왔다고
한꺼번에 알렸다

1298 바다 속마음

아무리 파도가 쳐도
바다 속마음은
파도치지 않는다

1299 눈이 많이 내려

눈이 많이 내려
사랑하는 사람과
한동안 갇혔으면 좋겠다

1300 지금

지금을 위하여
순간순간 얼마나
기다리고 노력했나

1301 봉선화

여름 내내
꽃물 못 들인
아쉬움이 남아 있다

1302 작은 샘물

작은 샘물이어도
온 마을 갈증을
풀어준다

1303 겨울 추위

겨울 추위에
춥고 떨리는데
볼만 빨개져 뜨겁다

1304 하늘을 나는 새

날개를 쫙 펴고
하늘을 나는 새
얼마나 멋진가

1305 소등

잠자려고
소등했더니
눈이 밝아졌다

1306 따뜻한 만남

따뜻한 만남인데
커피 한잔이 더해지니
더 좋다

1307 안부

안부가 궁금해
묻는 거야
잘 지내고 있어?

1308 단순한 삶

소용돌이 속에
사는 것 같아도
삶은 단순하다

1309 울보

내 신세가 처량해서
울보가 되어
울고 또 울었다

1310 겨울 나무

추운 겨울 나무들은
이파리 하나 없이
뼈만 앙상하게 남아 있다

1311 외로운 마을

산 밑 작은 마을
외로운 집 몇 채
햇볕이 감싸고 있다

1312 가을이 떠난 후

가을이 떠난 후
낙엽 떨어진 거리
겨울 전주곡이 들린다

1313 고양이

햇살이 들어오는
마루에 누운 고양이
세상 부러울 것 없다

1314 비상구

사방이 막혀
고통스러울 때
비상구는 희망뿐이다

1315 저녁 들길에서

석양 속
멋진 그림 속에
내가 서 있다

1316 그리운 섬

내 마음속에
그리운 섬 하나
떠 있다

1317 탱자꽃

탱자꽃 가시 속에서
피어난 하얀 꽃
성스럽다

1318 마을 길

노인이 취해서
마을 길을 걸어가면
먼 산마저 흔들린다

1319 단풍 옷

가을은
내년에 다시 오려고
단풍 옷 두고 떠났다

1320 부재

떠나고 없는
텅 빈 슬픔
무엇으로도 메울 수 없다

1321 시나리오

내 인생의
시나리오는
내가 쓴다

1322 우리들의 이야기

우리들의 이야기가
옛이야기가 될 때
우리 다시 만날 수 있을까

1323 나의 삶

나의 삶이
가슴 벅차고 너무 좋아
매일 감동하며 살고 있다

1324 물레방앗간

떠도는 소문을
모르는 듯
물레방아는 돌아간다

1325 너를 만나서

너를 만나서
모든 게
잘될 거야

1326 응시

너를 바라보는
것만으로도
행복하다

1327 밤바다

파도치는
밤바다
성난 짐승 같다

1328 단풍놀이

단풍놀이를 가니
오색으로 물들어
뽐내고 있다

1329 전망

전망이 좋아
아름다운 풍경이
한눈에 사로잡힌다

1330 입석

열차가 입석표다
한 많은 인생살이
좌석도 없어 야속하다

1331 낙조

노을이 지는데
하루의 피곤이
수북하게 쌓였다

1332 고향 감나무

고향 이야기가
택배 상자에 담겨
도시로 배달된다

1333 무제

제목이 떠오르지 않아
무제라고 했다
비워두는 건 불편하다

1334 이야기

이야기꾼들이
이야기를 맛깔나게 할수록
즐겁고 신이 난다

1335 고독

마른 나무 가지에
눈물이 맺혀 있다
고독의 눈물이다

1336 아기 얼굴

잠든 아기의 얼굴처럼
어여쁘고 평화로운
얼굴이 있을까

1337 뱃사공

뱃사공아
멀리 떠나려면
물 들어올 때 노 저어라

1338 기린

키가 크고 늘씬한
기린은 동물 중에서도
가장 점잖은 신사다

1339 땅

이 땅은 내 땅이라
말하지만 진정한
땅 주인은 바로 땅이다

1340 참 좋다

“같이하니 참 좋다!”
이 말을 듣고 산다면
얼마나 좋을까

1341 보릿고개 시절

그때는 목구멍에
밥 한술 넘기기가
힘들었다

1342 단비

단비가 내리자
풀잎들의 마른 가슴에
생기가 돈다

1343 하얀 손

하얀 손
꼭 한 번 못 잡아보고
헤어진 것이 아쉽다

1344 전투

총탄이 쏟아지는
전투 속에서도
풀꽃은 피어난다

1345 환청

그대가 나를
부르는 환청이
들리는 것 같다

1346 몽돌

해변의
작은 몽돌이
거친 파도를 견딘다

1347 탄식

몰려오는 후회를
감당하지 못하고
한숨으로 내뱉는다

1348 가마솥 사랑

퍼줘도 퍼줘도
남는 가마솥 사랑
따뜻함이 식지 않는다

1349 찬바람이 불면

찬바람이 불면
소주 한잔 생각나
포장마차 그립다

1350 리듬

살아 있는 것은
바람 불면
리듬을 탄다

1351 꽃들의 질투

봄꽃이 일제히
피는 것은
꽃들의 질투심 때문이다

1352 무명

이름 없던 시절
마음이
더 편했다

1353 저녁별

누구의
간절함이
저녁별이 되었을까

1354 떠난 네가

떠난 네가
꿈에 자꾸 보이니
어떻게 하면 좋으냐

1355 빗속을 걸어가면

빗속을 걸어가면
운치와 낭만이
살아나는 날이 있다

1356 능금

능금의 신맛은
감칠맛 나는
가을 맛이다

1357 순정

너의 순정은
너무나 곱고
지순했다

1358 보름달

너의 얼굴이 보름달처럼
밝고 환하게
웃으면 좋겠다

1359 기다리지 않아도

기다리지 않아도
세월은 왔다가
말없이 떠나간다

1360 근심

쓸데없는
근심 걱정에
발목 잡히지 마라

1361 그리움

그리움은
돌아오지 않는 사람을
기다리는 것이다

1362 들 소리

바람 불어
풀잎 흔들리며
들 소리가 난다

1363 쪽박

쪽박을 찬 가난은
그럴 만한
이유가 있다

1364 한

한 서린 가슴이
한없이 끝없이
타들어간다

1365 동경

내내 그리워하다
꿈결같이
보낸 세월

1366 화덕

심신이 고달파
생가슴에
화덕을 피워놓았다

1367 배웅

다시는 못 볼 사람
배웅하는 일이
가슴 아프다

1368 비밀

어느 사이에
사람들 틈으로
비밀이 흘러들어간다

1369 살아가면서

살아가면서
눈물바다 웃음바다
무엇으로 만들까

1370 대풍 불던 날

거센 바람이
무서운지
나무들도 울었다

1371 촛불

어두울 때
촛불을 켜놓으면
마음이 편하다

1372 순환

태어나고 죽고
똑같이 반복하는
인생살이

1373 신경

사람이 좋아지면
자꾸만
신경이 쓰인다

1374 같이

혼자보다
둘이 같이하면
좋다

1375 떠나는 봄

꽃 잔치 벌리더니
여름 소식에
뒷모습도 안 보인다

1376 한밤의 그림자

한밤에
그림자가 모여
짙은 어둠이 되었다

1377 쉼표

그래, 잠시
쉼표 찍고
쉬었다 가자

1378 그리던 이

그리던 이
다시 보기를
간절히 바란다

1379 추위

추위는 손발 끝에서
시작하여 얼굴과
온몸으로 전해진다

1380 박수갈채

한 번이라도
박수갈채를 받는다면
행운이다

1381 밤꽃

밤꽃 향기에 미쳐
환장하는 밤
다 같이 숨죽였다

1382 내일의 만남

오늘 떠남이
내일의 만남이
되길 바란다

1383 운명의 손

운명의 손이
닿기 전에
더 행복하게 살아라

1384 갯벌

갯벌에서
바닷게들이 신나게
달리기 시합을 한다

1385 단상

시 한 편이
단상이 되어 한 장의
그림으로 그려진다

1386 계산기

더하기 빼기
계산기를 두드리다가
욕먹는다

1387 심부름

서둘러 심부름 가다
무얼 시켰는지
깜박 잊어버렸다

1388 결심

나는 그저
나답게
살기로 했다

1389 기대

하룻밤 자면
달라지겠지
때가 찾아오겠지

1390 자연

자연은 어디서나
있는 그대로
아름답다

1391 통곡

이 세상 모질어
두 다리 쭉 뻗고
통곡할 때도 있다

1392 오늘은

오늘은
지나가는 길에 너를
한 번 만났으면 좋겠다

1393 판자촌

저녁이 되면
판자촌은 불을 켜도
어둡게 보인다

1394 요술

아무리
그럴듯해도
가짜는 가짜다

1395 매력

이 사람은 이 사람대로
저 사람은 저 사람대로
독특한 매력이 있다

1396 오리

오리는 뒤뚱대며
등장하는
희극배우와 같다

1397 문전박대

문전박대로
차가운 눈빛조차
볼 수 없다

1398 겨울밤

겨울밤 적막한데
눈 내리니
시 한 편이 써진다

1399 눈썰미

눈썰미가 좋아
사람을 보면
속이 훤하게 보인다

1400 머루

산길 걷다
머루를 만나면
참 반갑다

1401 아름다운 옷

아름다운 옷도
세월 가면 낡아
넝마가 된다

1402 실직

실직해서
너무 막막한데
마누라 눈빛도 사납다

1403 낙타

낙타는 사막의
모래언덕을
걸어가는 나그네다

1404 손

손을 붙잡았을 때와
놓았을 때
마음이 다르다

1405 무너진 삶

잘나갔는데
실패한 삶이 되어
하루아침에 무너졌다

1406 경험

경험이 쌓여
손에 익으면
일이 재밌어진다

1407 맨드라미

맨드라미는
닭이 되고 싶어
벼슬을 만들었을까

1408 힘들 때

험한 세상
힘들 때는 쉬러
집에 가고 싶다

1409 춘곤

봄 햇살
쬐고 있으면
잠이 솔솔 찾아온다

1410 부엉이

어둠 속에서
무얼 보려고
눈을 곧추떴나

1411 나사

삶이 흐트러질 때는
마음의 나사를
꽉 조여야 한다

1412 나를 위한 세상

나를 위한 세상은
나 스스로
만들어간다

1413 가을 풍경

가을에는
풍경 하나하나가
살아 있는 그림이다

1414 나의 집

세상이 좋아도
돌아갈 곳은
나의 집이다

1415 미쳤나 보다

미쳤나 보다
아무나 만나
사랑하고 싶다

1416 갈림길

만남이 있으면
헤어지는
갈림길도 있다

1417 밥 한 그릇

밥 한 그릇
소박하지만
대단한 힘을 갖고 있다

1418 흥을 잃으면

삶에서 흥을 잃으면
기쁨도
찾아오지 않는다

1419 사랑하는 이

사랑하는 이
목소리는
금방 알 수 있다

1420 헛된 삶

땀 흘린
보람이 없으면
헛된 삶을 산 것이다

1421 비참한 죽음

전쟁은
수많은 사람들을
죽음으로 몰아간다

1422 사는 재미

사는 재미 좋은데
세월이 야속하게
줄행랑을 친다

1423 깊어진 그리움

밤이 오면
그림자는 길어지고
그리움도 깊어진다

1424 고생길

가난이 매섭게
휘몰아치고 가니
고생길 험난하다

1425 돈 없으면

돈 없으면
밥을 먹어도
금방 배고프다

1426 세상의 흐름

세상의 흐름을 읽고
장단을 잘 맞춰야
피곤하지 않다

1427 눈빛

눈빛이 요상하니
의도가 무엇인가
궁금하다

1428 시선

냉랭하게
시선이 변할 때
등골이 오싹했다

1429 새벽 미명

새벽 미명에
산 능선 위로
아침 해가 떠오른다

1430 새벽안개

새벽에 안개가 피어
모든 걸 은밀히
감추어놓았다

1431 추운 세상

가슴에
냉정한 한기가
스며든다

1432 그럴 거다

그 사람
그럴 거다
내가 그 마음 다 안다

1433 진심

진심이 없으면
감동도 소통도
없다

1434 얼굴

너 살아온 날들이
지금의 얼굴을
만들어놓는다

1435 여행에서

아름다운 곳은
하루라도 더
머무르고 싶다

1436 가을 열매

나무에 주렁주렁 열린
가을 열매가
다 어디로 갔을까

1437 과거를 후벼 파면

과거를 마구
후벼 파면
어찌할 도리가 없다

1438 영정

죽은 사람이
살아서 두 눈으로
쳐다보고 있다

1439 사람 구실

맨날 그 타령
못나서 속을 썩인다
이 꼴로 왜 사냐

1440 나이테

나무는 나이테에
세월의 흔적을
소중히 남겨놓았다

1441 가을 낙엽

가을 낙엽 불 지르니
오색 단풍이 불탄다
가을이 불탄다

1442 방문객

사람들을 모두 다
순서대로 온 방문객이지만
순서 없이 떠난다

1443 사랑하는 것은

사랑하는 것은
사랑받고 싶은 마음이
가득하기 때문이다

1444 깊은 적막

깊은 산속
깊은 적막이
새 울음에 잠시 깨졌다

1445 잡담

떠들고 나면
아무것도 남지 않는
쓸데없는 이야기

1446 노부부

산책하며
손을 놓칠까 봐
꼭 붙잡고 다닌다

1447 물의 여행

하늘과 땅
강과 바다
온 세상을 흘러다닌다

1448 이제 다 왔다

조금만 더 견디자
조금만 더 이겨내자
이제 다 왔다

1449 이야기 듣기

어두운 이야기를 들으면
내 마음도
어두워진다

1450 편지

사랑하는 이에게
적어 보내고 싶은
내 마음

1451 까치집

갈 곳이 없나
나무 꼭대기에
까치가 집을 지었다

1452 인동꽃

매서운 한파에
목숨을 던져
피어나는 인동꽃

1453 검정 고무신

코 흘리던 어린 시절
검정 고무신이
내 발을 품어주었다

1454 가뭄

가뭄에 마음조차
바싹 마르고
목이 마르다

1455 자책

자기 허물과 잘못을
자책하며 고치는 사람은
미래가 있다

1456 어두운 밤

세상이 어둠에 갇혔는데
밤하늘 달빛이
밝게 지켜주고 있다

1457 춤꾼

무대 위에서
몸으로 말하는
사람들

1458 하모니카

하모니카를 불고 있으면
어릴 적 친구가 너무나
보고 싶다

1459 곤궁

가난을 이기려고
울며불며 몸부림치며
살아왔다

1460 징검다리

뜨문뜨문
던져놓은 돌이
징검다리가 되었다

1461 모자

모자도 주인 못 만나고
진열만 되어 있으면
외롭다

1462 맞장

주먹 쥐고
맞장 뜨기 싫다
이겨도 상처뿐이다

1463 냄새

씻고 씻어도
평생을 씻어도
냄새가 달라붙는다

1464 홀가분하게

무겁던 것들을
홀가분하게 털어버리니
발걸음이 가볍다

1465 한편

잘될 때에도
안 될 때에도
하나가 되어야 한편이다

1466 거리

이만큼 떨어져 살면
잊을 줄 알았는데
그리움이 더 사무친다

1467 슬그머니

세상일은
모르는 척
슬그머니 일어난다

1468 여우

여우는 영악하게
눈치만 보고 살아
눈꼬리가 찢어졌다

1469 은어

5월 햇살 아래
강줄기 타고
은어들이 올라온다

1470 산양

산양은
등반가들보다
산을 잘 알고 잘 탄다

1471 광채

하늘에 떠 있는
태양보다
광채 나는 것 있을까

1472 휴가

아무리 바빠도
불타는 머리와 몸을 식히려면
휴가가 필요하다

1473 봄 소리

봄 소리
싹트는 소리가
이곳저곳에서 들린다

1474 달 노래

한밤에
달이 노래하면
별들이 합창한다

1475 내려놓기

겸손하면
내려놓기를
잘한다

1476 역류

물도 똑같이
흐르기 싫어
거꾸로 흐른다

1477 잃어버린 시간

지나간 시간
모두 다
잃어버렸다

1478 가을 엽서

떠나기에는 너무나
아쉬운 사연을
가을 낙엽에 담았다

1479 화려한 외출

외도는
화려한 외출이 아니라
불행의 시작이다

1480 하늘을 날다

비행기를 타고
하늘을 날아가니
구름이 발아래로 보인다

1481 눈가림

눈가림해도 소용없어
내 눈이
똑똑히 보고 있다

1482 순간 포착

비가 그친 후
순간 포착으로
일곱 빛깔 무지개를 보았다

1483 오래된 철길

기차가 멈춘
오래된 철길이
녹슬고 있다

1484 송사리

송사리는 작지만
흐르는 물속에서
누구보다 자유롭다

1485 남몰래

남몰래 품은 마음
말하고 싶어
입이 근질근질하다

1486 여행의 묘미

낯선 땅에서
첫발을 내딛는
기쁨

1487 겨울 여행

겨울 기차 안에서
설경을 바라보면
느낌표가 가슴에 찍힌다

1488 세상 읽기

알면 알수록
읽으면 읽을수록
별것 아니다

1489 외롭다는 것

외롭다는 것은
이야기 나눌 사람이
필요하다는 것이다

1490 아침 강변

아침 강변에 물안개 피고
강물이 서서히
잠에서 깨어난다

1491 가끔은

가슴 아픈 일도
가끔은 잊어야
살아진다

1492 사랑이 떠났을 때

사랑이 떠났을 때
꿈도 희망도 웃음도
모든 것을 잃었다

1493 소멸

먼지가 되어
흙으로 돌아가는 것은
아무도 막을 수 없다

1494 술잔

술잔에 인생의
애환을 담아
술술 마신다

1495 전화

세상 전화가
몽땅 고장이 났나
전화가 오지 않는다

1496 덕담

허물없이 덕담을
주고받으면
오랜 친구다

1497 뱃길

바다 강 호수 어디나
배가 다닐 수 있는
길이 있다

1498 웃을 수밖에

세상 돌아가는 것이
하도 어이가 없어
웃을 수밖에

1499 소리칠 날

살면서 하고픈 말도
못하는 사람들
소리칠 날은 언제인가

1500 넥타이

넥타이가 자꾸
목을 조여와
풀어버렸다

1501 누에고치

누에고치에서
나방이 되어
하늘을 날다니 놀랍다

1502 웃음꽃

눈물이 변하여
웃음꽃으로 다시
피어날 수 있을까

1503 진짜 맛

장맛은 손맛
오래될수록 곰삭은
진짜 맛을 낸다

1504 봄보리

보릿고개에
보리 한 줌 주려고
모가지 빼고 자란다

1505 사랑에 빠지면

사랑에 빠지면
얼굴 화색이
금방 달라진다

1506 별빛을 잃다

한밤중에
먹구름이 몰려와
별빛을 잃었다

1507 청소

머릿속에
잡동사니 가득해
청소해야 한다

1508 망각

잊고 살아야지
안 좋은 일일수록
망각하고 살자

1509 힘겨울 때

나 혼자만
당한다고 생각 말자
세상이 다 그렇잖니

1510 내 몫

세상에 내 몫이
하나도 없어서
항상 빌려 쓴다

1511 너의 얼굴

잊은 줄 알았더니
웃고 달려오는
너의 얼굴이 떠오른다

1512 큰가시연꽃

가시 속에서
피어나는
붉은 연꽃이 아름답다

1513 오래 피는 꽃

잠시 피는 꽃보다
오래 피어 있는
꽃이 좋다

1514 한 번쯤은

한 번쯤은
가보고 싶고
해보고 싶은 일도 있다

1515 기별

모른 척 살지 말고
가끔씩이라도
기별하며 살자

1516 한 사람

내가 사랑하는
단 한 사람
사랑하며 살고 싶다

1517 커피

커피 한 잔이
맛있는 날은
일이 잘될 것 같다

1518 간고등어

소금에 절인
간고등어
덕분에 밥맛이 좋다

1519 이런 생각이 든다

가끔씩
이런 생각이 든다
이렇게 살다 가는 건가

1520 함박눈

함박눈이 내리면
하늘이 보내주는
소식이 많다

1521 끝

끝이 있다는 걸
안다면
행동이 달라질까

1522 연등

밤하늘 아래
연꽃이 피어
불을 밝혔다

1523 진실 앞에서

진실에는 언제나
'예'라고 대답하며
살고 싶다

1524 마른 물고기

물이 빠진
마른 물고기는
다신 헤엄칠 수 없다

1525 술 한잔

마음이
괴로울 때
술 한잔 마시고 싶다

1526 하고 싶은 말

너에게는 정말
꼭 하고 싶은
말이 있다

1527 잡풀

잡풀 별것 아니라고
생각하지 마라
세상을 초록으로 덮는다

1528 성에꽃

한겨울에
춥고 추워야
성에꽃이 피어난다

1529 그리운 날은

그리운 날은
내 마음 벅찰 만큼
그대가 보고 싶다

1530 연필

연필로 써놓은 글씨가
하나하나
추억이 된다

1531 별이 보고 싶어

한밤에 갑자기
별이 보고 싶어
뛰어나왔다

1532 아버지

저녁 퇴근길
울 아버지의 선한 눈빛이
늘 떠오른다

1533 강물은 하나같이

강물은 하나같이
바다에서 만나기로
약속을 했나

1534 감옥

세상 전체가
떠날 수 없는
감옥이다

1535 글자 여행

독서는 글자를 따라
미지의 세계로
여행을 떠나는 것이다

1536 나비

나비가 나풀나풀
허공을 춤추며
날아가니 어여쁘다

1537 잘못 떨어뜨린 말

잘못 떨어뜨린
말들이
세상에 돌아다닌다

1538 숨은그림찾기

삶은 숨은그림찾기
숨겨진 그림을 하나하나
찾아다니는 것이다

1539 자작나무

자작나무 숲으로
걸어가면
기분이 상쾌하다

1540 실어증

시가 되지 않은 말들이
실어증이 되어
헛돌고 있다

1541 무관심

풀꽃 피고 져도
무관심이고
아무도 아는 이 없다

1542 끝자락

이별의 끝자락에
그리움과 아쉬움만
남아 있다

1543 심야

마을의 개가
어둠이 무서운지
줄곧 짖어대고 있다

1544 스웨터

어매가 뜨개질로 짜준
스웨터 덕분에
겨울이 따뜻하다

1545 강강술래

달빛 아래
한 서린 춤사위
강강술래가 펼쳐진다

1546 천형

세상살이
벌 받는 사람처럼
천형으로 살아간다

1547 비수

말 한마디가
생가슴에
비수로 깊이 꽂혔다

1548 술주정

술이 사람을 먹으니
혀가 취해
술주정하고 있다

1549 구름 정거장

하늘을 떠도는
구름 정거장에서
비가 내린다

1550 하룻밤

하룻밤 사랑은
아름답지만
너무나 쓰라리다

1551 심판

천둥 번개 치면
심판받을까
지레 놀라 벌벌 떤다

1552 간밤에

간밤에 비 왔나
온 천지가
아주 깨끗하다

1553 징

징을 때릴 때마다
사물놀이
흥이 돋는다

1554 인력시장

오늘도 끼니 벌려고
인력시장에
일하러 나간다

1555 나의 언어

나의 언어는 너에게
사랑의 말을 하고
싶어 한다

1556 철야

일이 밀려
밤새워 일했더니
뼛골이 쑤신다

1557 만추

단풍과 낙엽들이
만들어놓은
멋진 가을 풍경

1558 삼삼하다

눈에 보일 듯
안 보일 듯
삼삼하게 그립다

1559 오지

너무 궁금해
언제든지 한 번
가보고 싶은 곳

1560 합장

합장하여
죽어서도 싸우면
어찌하나

1561 이기는 법

마음 한켠
슬쩍 져주면
넉넉하게 이긴다

1562 뒷짐

감시하듯
뒷짐 지고 지켜보면
참 얄밉다

1563 기다림

마음 조급하니
기다리지 못해
놓치고 실패한다

1564 산도화

봄이면 설레고
타는 가슴에
산도화 붉게 피어난다

1565 비

이름에 따라
전혀 다른
비가 내린다

1566 옹기

배불뚝이 옹기들이
끼리끼리 친하게
모여 있다

1567 치통

치통으로
세상이
싫고 귀찮다

1568 조국

아버지의 피처럼
조국을 사랑하는 피가
내 몸속에 흐른다

1569 가을 강변

단풍으로 물든
가을 강변
한없이 바라보며 걷는다

1570 씨간장

씨간장은
오랜 세월 이어지는
가문의 맛이다

1571 명상가

들풀의 말을
들을 수 있다면
당신은 명상가다

1572 배웅

배웅하며
떠나보내려니
마음 한쪽이 시리다

1573 밤하늘

밤하늘에
낚시를 던져
별 하나 낚아볼까

1574 만나며 사는 일

만나며 사는 일이
그리 쉬운 일이
아니다

1575 가면

사람마다
보이지 않게
가면을 쓰고 있다

1576 정해진 시간

떠나가는 시간 속에서
나그네는
정해진 시간을 산다

1577 팽이

정신없이
빙빙 도는 것을 보니
팽이는 팽이다

1578 근황

잘 지내는 거야?
오랫동안 연락이 없어
연락했어

1579 대화

대화가 불통이면
차라리
하지 않는 게 낫지

1580 덤

독한 병 치른 후
살아가는 삶
덤으로 사는 인생이다

1581 어둠의 눈동자

어둠의 눈동자를
한 번도
본 적이 없다

1582 연

넓고 푸른 하늘을
날아올라
자유를 누린다

1583 10월

어디를 가도
오색으로 물든
가을이다

1584 소풍

소풍 가는 날짜 꼽다
잠도 못 자고
꼬박 날을 새웠다

1585 도망자

나도 어쩌면
지금 도망치고 있는지
모른다

1586 어쩌라고요

세월이 흘러가는데
죽음이 다가오는데
나보고 어쩌라고요!

1587 봄소식

봄소식이
꽃으로
피어났다

1588 자서전

한 사람의 살아온
발자국이 글자로
옮겨져 있다

1589 한풀이

한풀이하면
또 다른 한이
남아 있다

1590 기억의 담

생각나지 않는
기억에는
높은 담이 있다

1591 넋두리

가슴에
한이 넘쳐
넋두리를 한다

1592 부끄러움

내 속이
들킬까 봐
부끄럽고 두렵다

1593 산책

숲길 걸으며
자연을 만나고
겸손을 배운다

1594 명장

지나온 세월만큼
명장의 숙련된
기술이 빛난다

1595 태풍

태풍이 휘몰아치는
모양새가
아주 사납다

1596 수석

수석은 바람과
물이 깎아 만든
세월이다

1597 비상

새가 하늘 향하여
비상하는 것은
축복이다

1598 가난한 마음

베풀지 못하는
냉혹한 마음은
가난한 마음이다

1599 항상 그 자리에서

별들은 이사를
가지 않나 보다
항상 그 자리에서 빛난다

1600 생명의 소리

살아 있는
생명의 소리 들으면
힘이 난다

1601 뒷모습

네가 떠날 때
본 뒷모습이
마지막 모습이다

1602 도둑

눈이 얼마나
밝으면
밤에 도둑질할까

1603 반란

하늘에 반란이 일어났나
한여름에 때 아닌
우박이 내린다

1604 추억 속 기차역

추억 속 기차역에는
좋은 만남이
기다리고 있지 않을까

1605 끈과 매듭

끈이 묶이면 매듭이고
매듭이 풀어지면
그냥 끈이다

1606 백일홍

가지마다
불타는 열기로
붉은 꽃이 핀다

1607 여름 햇살

여름 햇살이 뜨거워
열매가 탐스럽게
영글었다

1608 겨울밤 이야기

겨울밤 캄캄한데
고구마 까먹으며 나누는
이야기는 끝나지 않는다

1609 조바심

냇물에서
조바심 난 송사리가
바삐 헤엄치고 있다

1610 허공

허공에는 누구나 하고픈
말을 썼다 지워도
아무 말도 하지 않는다

1611 설친 잠

생각에 생각의
꼬리가 자라나
잠을 설쳤다

1612 이별 후

이별 후 기다림과
그리움의 싹만
돋아났다

1613 사과 향기

탐스럽게 익은 가을
사과 향기가
코끝에 찾아왔다

1614 호두

무슨 생각으로
열매를 두뇌 모양으로
만들었을까

1615 버리고 살아가자

가져갈 것도 없는데
나누고 버리고
마음 편하게 살다 가자

1616 사소한 것

사소한 것이라지만
다시 보니
너무나 소중하다

1617 맨주먹 빈손

맨주먹 빈손이니
모든 것을 쥘
기회가 있다

1618 수수께끼

삶이란 수수께끼라서
모두가 알 수 없는
내일을 산다

1619 포옹

포옹은 사랑의
아름다운
몸짓이다

1620 일기

하루 동안 일어난
추억을 담고
마음을 고백한다

1621 푸른 하늘 아래서

푸른 하늘 아래서
꿈을 갖고 살 수 있음이
행복이다

1622 단단한 바위도

단단한 바위도
마음 비워놓고 쉬라고
자리를 내어준다

1623 비눗방울

비눗방울 하늘에 날리며
웃던 아이들
지금 어디서 살고 있을까

1624 가을 보름달

가을 하늘에
보름달 뜨면
추석이다

1625 운전

급정거하지 마라
부드럽게
흐름을 타야 한다

1626 하늘의 얼굴

하늘의 얼굴이
어떻게 생겼는지
본 사람이 있을까

1627 침몰

뾸나고 성난 가슴
침몰하여
가라앉는다

1628 착한 웃음

착한 웃음에
긴장과 경계가
풀리고 있다

1629 구두쇠

구두쇠는 눈빛도,
목소리도, 얼굴빛도
아주 인색하다

1630 하얀 보름달

하얀 보름달
왠지 소원을 말하면
들어줄 것만 같다

1631 간월도

갯내음 그립고
어리굴젓에
밥 비벼 먹고 싶다

1632 가로등

쓸쓸한 밤거리
가로등 외롭게 서서
어둠을 밝힌다

1633 칡차

칡은 남을 꽁꽁
얽어매는데
칡차 맛은 달다

1634 부탁

내가 할 수 없으니
날 도와주시오
부탁하오

1635 운무

운무가 온 산과
산허리 감더니
훌쩍 떠나버렸다

1636 자연을 닮은 삶

자연을 닮은
억지 없는 삶이
행복한 삶이다

1637 가지

가지는
왜 겁을 먹었나
온몸이 보라색이다

1638 외로운 사람

외로울수록
사람이 가까이
다가오지 않는다

1639 꽃은

꽃은
허공에 흩날려도
아름답다

1640 검은 고양이

검은 고양이
어둠 속에서
어둠보다 더 검다

1641 산골 아이

세상 때가 안 묻은
산골 아이
해맑게 웃는다

1642 역마살

역마살이 끼어
머물지 못하고
갈 곳 없이 떠난다

1643 먹이사슬

숲속은
조용하지 않다
전투 중이다

1644 좁쌀

생전 돈 한 푼
안 쓰고 사는
놀부 심보가 좁쌀 같다

1645 난

연인의 춤사위에
그윽한 향기 풍기니
유혹을 뿌리칠 수 있을까

1646 해우소

절에 들렀다
남겨놓은 것은
해우소 들른 것뿐이다

1647 같이 살아봅시다

우리 평생
같이 정답게
살아봅시다

1648 문병

아프지 마오
건강해도
짧기만 한 인생이오

1649 아궁이

아궁이는
뜨겁게 타는 불을
먹고산다

1650 멍에

자책의 굴레
멍에를 하루빨리
벗어나라

1651 편지함

편지함 궁금해
열어봐도 매번
허탕이다

1652 내 자리

나그네에게
내 자리가 있을까
머물다 떠날 뿐이다

1653 가을 들판

코스모스가
군무를 추며
들판으로 초대한다

1654 파장

파장할 때면
가난한 여인들이
싼 물건을 사러 나온다

1655 물맛

뇌를 쪼갤 만큼
차가운 빙하수
물맛이 기가 막히다

1656 막노동

고된 일보다
쥐꼬리만 한
품삯이 더 서글프다

1657 안녕

만날 때도
헤어질 때도
평안하라

1658 만찬

비 오는 날
숲속은
만찬이 시작된다

1659 방

원하는 대로
구조가
바뀌면 좋겠다

1660 낙인

낙인찍는 사람들이
보는 눈초리가
무섭다

1661 시인이 되던 날

시 쓰는 것이 즐거워
시인이 되던 날
마냥 행복했다

1662 연극 공연

배우들의
피, 땀, 눈물, 열정이
모여 만든 꿈의 무대

1663 네가 훌쩍 떠나면

어느 날
네가 훌쩍 떠나
홀로 남는 게 두렵다

1664 소중한 시간

우리가 만나는
모든 순간이
소중한 시간이다

1665 늦가을

낙엽들이 시냇물 따라
떠내려가고 있다
내년에 다시 찾아올까

1666 입동

아무 준비도
못했는데
겨울이 찾아왔다

1667 상엿소리

죽은 자를 위한
소리가 애처롭게
울려 퍼진다

1668 앞길

아무리 멀어도
걷고 또 걸으면
도착할 수 있다

1669 무상

살아도 살아보아도
고독만 남으니
인생은 무상하다

1670 발

발은 길 따라
걸을수록
때가 묻는다

1671 무명

무명으로
들에 핀 꽃
더욱 아름답다

1672 힘들다

오늘은
혀를 내두를 정도로
몹시 힘들다

1673 희망을 만나라

절망은 어서 빨리
떠나보내고
새로운 희망을 만나라

1674 도둑고양이

도둑고양이 한 마리가
내 마음속에
들어와 살고 있다

1675 초조함

부족하고 불안해
발 동동 구르며
긴장을 끌어모은다

1676 파도치는 해변

들썩들썩 파도가
요란을 떠는데도
해변은 평화롭기만 하다

1677 불안

불안에 떨 때
내 마음 저울에 달면
얼마나 나갈까

1678 함박눈

함박눈 펑펑 쏟아지면
온 세상이
눈에 갇힌다

1679 뜬구름

뜬구름이 하릴없이
다니는 줄 알았는데
모여 비를 내린다

1680 고목나무

고목나무 잠잠하더니
새봄에
새잎이 나왔다

1681 다람쥐

옹달샘 외롭지 않게
다람쥐가
한 모금 먹고 간다

1682 저녁 식사

소박한 저녁 식사
고등어 한 마리에
풍요롭다

1683 교실

교실에는 친구들의
목소리가
아직도 남아 있다

1684 고기

어망에 들어와 잡힌
고기는
인생 끝났다

1685 가위

가위는 뭐든지
자기 영역에 들어오면
싹둑 잘라버린다

1686 부끄러움

옷을 아무리
잘 입어도
죄가 있으면 부끄럽다

1687 하찮은 것

눈에 안 띄고
하찮아 보이는 것에도
소중한 것이 많다

1688 가을 수채화

구름이 그려놓은
가을 하늘
가을 수채화다

1689 헌책방

헌책방에서
내 사인이 있는 시집을
다시 사왔다

1690 일터

아무래도 자유로운
놀이터가
될 수는 없을 듯

1691 화답

화답하듯
오가는 길 있어야
정이 붙는다

1692 묘지

묘지는 화려하게
꾸며놓아도
분위기가 서늘하다

1693 팔자

고칠 수 없다면
새롭게
만들어보자

1694 찬바람

환장하게 괴롭히던
더위도 찬바람에
훌쩍 떠났다

1695 생명의 소리

세상 소리 가득해도
생명의 소리가
가장 소중하다

1696 감촉

사랑이
다가올 때는
감촉이 벌써 다르다

1697 엄마 생각

가을에 예쁜 단풍
집어주시던
울 엄마 생각난다

1698 디딜방아

디딜방아 찧다가
먼 산에 계신
엄마를 떠올렸다

1699 누구를 만나려고

새들은
누구를 만나려고
텅 빈 하늘을 날아다닐까

1700 오지랖

오지랖 넓어
왔다 갔다 하여도
얻을 것 없다

1701 잔디

푸른 잔디가
초록 세상 만들며
넓게 펴져 나간다

1702 지식

내가 알고 있는 것이
너무나 적기에
항상 배우고 싶다

1703 반역

삐딱하게
살고 싶어
끝없이 반역했다

1704 오이

커다란 잎사귀 뒤에
몸을 숨기고
없는 척한다

1705 지금 쓰는 시

지금 쓰는 시에는
살아온 날만큼
세월이 담겨 있다

1706 새벽이 온다

어둠이 깊다고
실망하지 마라
새벽이 다가오는 중이니

1707 꿈같은 시절

사랑 하나만으로도
행복하고 좋았던
꿈같은 시절

1708 가을 숲

가을 숲은
사람과 동물을 위하여
열매를 선물한다

1709 파종

씨를 뿌리는 일은
신성한 작업이라
더 겸손해져야 한다

1710 관객

보고 듣는 관객이
많아질수록
말들도 많아진다

1711 멋진 순간

삶의 장면들을
스냅 사진처럼 포착하며
의미 있게 살아가자

1712 장마

하늘이 얼마나 슬프면
몇날 며칠 동안
흐느낌이 멈추지 않는 걸까

1713 반전

반전이 있어야
사는 재미도
있다

1714 외침

세상아!
내가 여기 있다!
나를 부지런히 써라!

1715 삶

삶을
아름답게 추억하며
이야기하고 싶다

1716 꿈

꿈은 노트에
적어놓는 것이 아니라
이루어가는 것이다

1717 제비

제비가 강남에서
둥지 짓는 법을 배웠나
오자마자 둥지를 짓는다

1718 꽃게

다리가 열 개인데
성질이 사나워
두 개는 집게다

1719 꽃이 없다면

세상에
꽃이 없다면
얼마나 삭막할까

1720 최고의 집

가정이란
사랑을 선물로 주는
최고의 집이다

1721 군밤

봉투 속에 군밤이
야박하게 들었다
괜히 속은 느낌이다

1722 바다의 노래

파도가 치는 한
바다의 노래는
끝나지 않는다

1723 들국화

들국화 바라보면
그리운 사람이
문득 생각이 난다

1724 재미

재미있는 사람과
일하면
일하는 맛도 있다

1725 추운 날

추운 날
따뜻한 차 한잔으로
가슴까지 따뜻하다

1726 한 줌의 재

한 줌의 재로
사라지는 삶
무슨 미련으로 살까

1727 오월의 밤

오월의 밤
장미 향기가 가득하니
고독의 가슴이 붉어진다

1728 냉혹

냉혹한 마음에
따뜻한 손길조차
슬그머니 움츠러든다

1729 아주 힘들 때

가끔 아주 힘들 때는
또 다른 내가
있었으면 좋겠다

1730 비가 오는 날

비가 오는 날은
빈대떡 먹을 생각에
목구멍이 술을 부른다

1731 마음먹기

처절한 고행이어도
마음먹기에 따라
잘 끝낼 수 있다

1732 흔들린다

흔들린다 흔들려
자유의 모든 빗장이
풀어졌다

1733 도시의 밤

도시의 밤은
분주하고 왁자할수록
허무가 쌓인다

1734 살 때와 죽을 때

살 때는 철저하게
전부 살고
죽을 때는 전부 죽자

1735 이력서

나의 이력서에는
시를 써온 날을
기록하고 싶다

1736 웃음

살포시 웃어만 주어도
마음 언저리 머물던
한기를 몰아낸다

1737 짐승

짐승은
학벌도 직업도 없지만
미련 없이 살다 떠난다

1738 사건

사건이 크게 터지면
예전으로
돌아가기 힘들다

1739 한지

한지에
숨결 살아 있는
글씨를 쓰고 싶다

1740 남 이야기

남 이야기 듣는 사람보다
비난하고 훈수 두려는
사람이 더 많다

1741 안타까움

그때 그렇게
할 수 있었는데
왜 못했을까

1742 영감

뛰어난 영감이 없으면
마음 울리는 명작이
탄생하지 않는다

1743 우는 사람

무기력하여
우는 사람을
달래주고 싶다

1744 짝사랑

짝사랑은
천년을 가슴에 두어도
이루지 못한다

1745 일몰

하루가 일몰하는
석양을 보며 마시는
술맛이 좋다

1746 일출

이른 새벽에
아침 해를 보며 마시는
커피가 영혼을 깨운다

1747 작은 새

겁먹지 마라
몸은 작아도
하늘을 날아갈 수 있다

1748 사랑 고백

내 마음에
그대 얼굴이
선명하게 그려졌다

1749 피어라

꽃도 활짝
인생도 활짝
피어야 한다

1750 몸부림

나무들이
태풍 속에서
몸부림을 친다

1751 당신의 마음

당신의 마음을
벌써부터
읽고 있었다

1752 덤 같은 인생

나이가 들면
덤 같은 인생
고마워하며 살자

1753 장사꾼

장사꾼도
손님이 없으면
쓸쓸하고 외롭다

1754 밧줄

밧줄은 항상
꽁꽁 묶고 싶은
생각이 가득하다

1755 불통

우리는 서로의
마음을 읽지 못하고
최악의 대화를 했다

1756 독수리

하늘을 날며
눈독 들이던 먹이를
발로 확 채간다

1757 이제 가라

이제 가라
서성거리지 말고
목표를 향하여 가라

1758 이른 새벽

아직 도망치지 못한
어둠이 짐승처럼
몸을 웅크리고 있다

1759 지나가는 사람들

우리는 잠시 살다가
스치듯
지나가는 사람들이다

1760 잡초

들판의 이름 모르는
잡초도 자라면서
아름답게 꽃을 피운다

1761 아기 거북

아기 거북이 알 속에서
수영하는 꿈을 꿨나
나자마자 바다로 간다

1762 교대

아침마다
해와 달이 교대하며
만나고 헤어진다

1763 천지

하늘엔 별천지
땅에는
사람 천지다

1764 절경

자연이 살아
아름다움의 극치
절경을 만든다

1765 야생

풀들은 야생에서
자라고 살아서
더 자유로운가 보다

1766 식혜

겨울밤
식혜 그릇에
엄마 사랑이 가득하다

1767 순리

바위가 박살이 나도
금방 모래가
되지 않는 것이 순리다

1768 콩

꼬투리 속에
콩이
콩 콩 콩 들어 있다

1769 달밤 산책

나무들이
달빛 아래 줄지어
산책하고 있다

1770 그리움 하나

어두운 밤하늘에
그리움 하나
큰 보름달로 떠 있다

1771 하루가 가면

하루가 가면
인생의 하루가 줄고
그만큼 애착이 더해진다

1772 술병

술하고 원수가 졌나
통째로 마시더니
술병 들어 고생한다

1773 우리가 행복하다

얼굴 가득한
웃음에 나도 너도
우리가 행복하다

1774 텃밭

텃밭이라고
쉽다 생각 마라
밭은 밭이다

1775 깨진 거울

거울이 깨져
비췄던 것들이
몽땅 다 사라졌다

1776 짝사랑하다

짝사랑하다
말도 못 하고
냉가슴만 태웠다

1777 늪

사람들은
자기만의 늪에 빠져
헤어나오지 못한다

1778 푸념

푸념처럼 터지는
넋두리 속에
속마음이 나온다

1779 초심

초심은 맑고 깨끗해
티 하나 없는
순수한 마음이다

1780 신발

신발은
오래 신을수록
편하고 좋다

1781 고맙다

이 세상에서
잘난 것 없는 나와
살아주어서 고맙다

1782 애기똥풀

애기똥풀
누가 이름 들을까
볼썽사납다

1783 덤으로 사는 인생

병을 앓고
다시 살아나
덤으로 살아간다

1784 층계

사람들이 보이지 않는
층계 위아래서
살고 있다

1785 밤길

밤길을 터덜터덜
걸으며
신세를 한탄했다

1786 저녁 강가

저녁노을 지는 강에
떠나가는 배
그림같이 보인다

1787 발을 씻으며

날마다
같이 걷는 발이
너무 고맙다

1788 활화산

활화산이 화가 치밀어
가슴이 뜨겁게
불타오른다

1789 석류

석류는 속가슴을 태워
알알이 터지는
붉은 눈물이다

1790 절규

선운사 동백꽃이
가지마다 피어나
붉게 절규한다

1791 공존

똑같은 하늘 아래
공존하는 것이
얼마나 행복한 일인가

1792 이별하며 산다

우리는 날마다
수많은 것들과
이별하며 산다

1793 세상을 모른다

살아보아도
잘 알 수 없다
우리는 세상을 모른다

1794 선인장

선인장은
물 없는 땅에서
물 찾아 키가 커간다

1795 시간표

삶은 시간표를
짜놓고 살아야
기대하며 살 수 있다

1796 거품

부풀어 오른
거품을 다 빼야
진실이 보인다

1797 꽃향기

꽃의 혈관에서
내뿜는 향기는
심장까지 파고든다

1798 모정

어머니의 사랑이
이 세상에 없다면
얼마나 삭막할까

1799 울타리

내 삶에 보이지 않는
울타리가 되어준 이들
늘 감사하다

1800 인생이란

인생이란
참고 견디고
기다리는 것이다

누구의 아픔이

누구의 눈물이

사계절 강물로 흘러갈까

1801 재산

나의 재산은
평생 써온
시들 뿐이다

1802 뱃고동

그리운 이
찾아온 듯
반가운 소리다

1803 팔자

타고난 팔자
한탄하고 원통해도
뛰어넘어야 산다

1804 소식

무소식보다
희소식이
반갑고 좋다

1805 큰수염고래

큰수염고래는
바다에서
어떻게 수영할까

1806 청소

매일매일 청소해도
먼지가
찾아온다

1807 달빛 소나타

달빛 아래
음악이
흐른다

1808 커피콩

커피콩 알맹이가
향 좋은
커피가 된다

1809 선잠

선잠 속에
누가 찾아왔나
자다 깼다

1810 오막살이

갈 데가 없어
마련한
작은 둥지

1811 이삿짐

나도 이곳저곳
떠돌아다니는
이삿짐이다

1812 증인

내 인생은
누구보다
내가 잘 안다

1813 참깨

참깨의
작은 씨앗 속에
고소함이 가득하다

1814 설마

설마가 등을 후려칠 때
후회했지만
이미 늦었다

1815 명절

부모님 돌아가시니
명절에도
마음이 허전하다

1816 시계

시계는 혼자서도
외롭지 않게
잘 논다

1817 나팔꽃

아침을 알리는
나팔수는
나팔꽃이다

1818 혼자 있으면

혼자 있으면
마음이 썰렁해
내내 아내를 기다린다

1819 여울목

여울목에서는
잔잔하던 물이
세차게 흘러간다

1820 지금

심장이 뛰고
가슴이 살아 있는
지금이 소중한 시간이다

1821 존경

살아온 삶이
선하고 아름다워
고개가 숙여진다

1822 웃으며 살자

화내서 해결되는
일이 없으니
밝게 웃으며 살자

1823 앞모습

뒷모습보다
앞모습으로
그대를 만나니 좋다

1824 산다는 것

산다는 것은
때로는 등 떠밀리고
코 꿰이는 것이다

1825 바람꽃

바람이 꽃이
될 수 있을까
참 신기하다

1826 풀처럼

풀처럼 지치지 않고
퍼져나가는
생명력이 놀랍다

1827 경칩

경칩에 날씨가 풀려
봄 알리는
푸른 바람 분다

1828 행간

마음 한구석
행간에 그리움이
살고 있다

1829 어시장

싱싱한 고기
비린내 속에
파도 소리 들린다

1830 비판

내 편이 아니라고
무조건 비판하는 것은
어리석은 일이다

1831 솔래잡기

평생 동안
너를 찾으러
다녔다

1832 수도 중

산중의 나무는
수도 중인가
아무 말이 없다

1833 겨울 나그네

한겨울
찾아왔다 떠나는
하얀 눈은 겨울 나그네

1834 삶의 가치

모든 것을
좋아하고 사랑하면
삶의 가치를 안다

1835 목각

목각을 아무리
잘 만들어도
생기가 없다

1836 풀밭

풀밭이라고
거둘 것 없다 하지 마라
나물도 약초도 있다

1837 비상구

살다 보면
가끔씩 비상구가
필요하다

1838 노상 할매

노상 할매 가난한 줄
알았더니
소문난 부자다

1839 홀로 있으면

집에 홀로 있으면
왠지 갇혀 있는
독방 같다

1840 바람난 남자

바람난 남자
바람이 그치자
행색이 아주 초라하다

1841 혼자 가는 길

인생이란
결국에는
혼자 가는 길이다

1842 흑백영화

흑백영화는
옛 추억으로 돌아가는
시간 여행이다

1843 손님

우리는 세상의
주인이 아니라
손님이다

1844 꼭두각시

꼭두각시로
남의 들러리
서봐야 헛것이다

1845 봄꽃 향기

창문을 열었더니
봄꽃 향기가
찾아온다

1846 우리 좋았던 날

우리 좋았던 날
사랑으로
너무나 행복했다

1847 감사

감사는
행복할 때
터져 나오는 말이다

1848 이치

아하! 그랬구나!
이치를 깨달으니
더 못 따지겠다

1849 유혹

사랑하는 이 향기
유혹이 찾아와
잠들지 못했다

1850 봄 파도

봄 파도는
파란 치마 흰 치마 펼치며
봄꽃처럼 피어난다

1851 삶이란

삶이란
길고 지루한 것 같아도
짧고 아쉽다

1852 혼선

사랑은
좋았다 싫었다
혼선이다

1853 애기단풍

애기단풍은
보고 있어도
안 믿길 정도로 곱다

1854 갈대

가을 강변을
늘씬한 갈대들이
지키고 있다

1855 나이 값

나이답게
나이 값 하며
살아가자

1856 유자

나뭇가지에
등불처럼 매달려
밤에도 빛을 낸다

1857 모래성

모래성은 아무리
높이 쌓아도
한순간 무너진다

1858 노부부

노부부 약속하길
죽을 때까지
아프지 말고 살자

1859 초승달

초승달이 삐쳤나
아주 새침한
표정으로 떠 있다

1860 세상의 끝

세상의 끝은
알 듯하지만
수수께끼다

1861 조각 공원

조각 공원에서
조각들이 서로
말없이 서 있다

1862 살구나무

살구 열매가
마을 처녀 볼처럼
붉게 익었다

1863 월급

아무리 일을 해도
월급이 쥐꼬리니
가슴이 탄다

1864 우승의 순간

우승은
짧은 순간이지만
최고의 기쁨을 누린다

1865 들길을 걸으면

들길을 걸으면
풀들이 손 흔들며
시 한 편 노래한다

1866 장국밥

장터를 돌고 나서
배고플 때 먹는 장국밥
눈물 나게 맛있다

1867 약한 비

약한 비가 내려
밤새 지붕만 살짝
젖고 말았다

1868 닮은꼴

핏줄은 대단하다
아들 얼굴, 손주 얼굴
나와 닮은꼴이다

1869 모란 장날

모란 장날
죄다 모였다가
팔려 나간다

1870 불심

불심이 가득하면
큰 나무 속에서
목탁 소리가 들린다

1871 포도주

포도 알맹이에서
쏟아진 피
붉은 포도주를 만든다

1872 고요하면

고요하면
안정되고 평안해
욕심이 사라진다

1873 튤립

봄 햇살을 찾아
고고한 자태로
찾아온 꽃 손님

1874 만약에

만약에 그 일을
그때 알았다면
어떻게 되었을까

1875 혼자 걸어도

들길은 혼자 걸어도
외롭지 않다
풀대들이 반겨준다

1876 가을 사과

푸른 하늘 아래
양 볼이 빨간 사과
손 뻗어 따 먹고 싶다

1877 진실

진실하게 사는 모습
보고만 있어도
칭찬이 나온다

1878 떠나가버린 시간

떠나가버린 시간
다시 찾고 싶은
잃어버린 시간들

1879 정감 있게 살자

나의 삶 사람답게
사람 냄새 나게
정감 있게 살자

1880 그때

사람들은
지나간 시간 돌아보며
그때가 좋았다고 말한다

1881 당신과 있으면

당신과 있으면
아무 걱정 없이
행복하다

1882 짚불

짚불을 놓았는지
뜨거운 열정이
타오른다

1883 표정

희망이 넘치는
사람은
얼굴 표정이 밝다

1884 운명

얼굴이
자신의 운명을
만든다

1885 들짐승

광야에서 들짐승들이
살기 위한
투쟁을 벌인다

1886 붕어빵

붕어빵이
사람들의 시선 속을
헤엄쳐야 잘 팔린다

1887 겨울의 끝

겨울의 끝 따뜻한 햇살에
온기가 돌자
동토가 녹아 흐른다

1888 무명치마

울 엄마 무명치마
입고 다니던 때가
생각난다

1889 한순간

사는 것도 죽는 것도
지나면 한순간이니
소중하게 살아야 한다

1890 죽음의 덫

광야 어디에나
죽음의 덫이
도사리고 있다

1891 종이꽃

종이꽃을 아무리
아름답게 접어도
향기가 없다

1892 두 마음

이리 할까
저리 할까
흔들리는 두 마음

1893 엉겅퀴꽃

엉겅퀴
볼품이 없어서
꺾고 싶지 않다

1894 불평

투덜댄다고
안 될 일이 되나
불평하지 마라

1895 밤나무의 속셈

밤나무의 속셈은
밤송이 가시를 까보면
알 수 있다

1896 탄식

내가 이렇게
될 줄 정말 몰랐다
탄식을 한다

1897 내일

내일은
가보지 못한
새로운 길을 가자

1898 무지

무지해서
없는 걱정 만들며
근심 속에 산다

1899 죽은 물

오염되어 냄새나는
죽은 물
생명을 앗아간다

1900 뻐꾸기

뻐꾸기 우는 봄날
숲길을 걸으면
울음소리 쾌청하다

1901 노동자

노동자는
목숨을 부지하기 위해
고통을 먹고산다

1902 고통의 춤

거센 바람 불면
풀들이 마구 흔들리며
고통의 춤을 춘다

1903 미행

나를 항상
미행하는 것은
나의 그림자다

1904 정박

배들이 정박하여
꿀 같은 휴식 시간을
보내고 있다

1905 조각가

조각가들이 돌 속에서
작품을 꺼내는
힘이 놀랍다

1906 나이가 들었나

나이가 들었나
가끔씩 쓸쓸해
맥없이 눈물이 난다

1907 표적

표적을 삼는
지나친 관심은
불행의 씨앗이다

1908 면죄부

죄를 용서받음은
새로운 삶을
사는 것이다

1909 거울이 깨져

장난이었는데
너무 쉽게 거울이 깨져
산산조각이 났다

1910 벌목

산이 답답했나
머리를 시원하게
깎았다

1911 동화

아이들이
좋아하지 않으면
무슨 소용인가

1912 만삭

아이를 가진
만삭의 엄마는
위대하다

1913 불치병

태어나자마자
불치의 병에 걸렸으니
천형이다

1914 가지치기

나무가 수선스럽게
봄단장을 한다
가위질이 거침이 없다

1915 텃새

철마다 옮겨 다니기 싫어
둥지를 틀고
텃새가 되었다

1916 욕심

손으로 욕심껏
아무리 쥐어보아도
한 주먹이다

1917 기러기

기러기도 시인인가
시 한 편 쓰며
하늘을 날아간다

1918 흔적

흔적은 흘러간
세월이 만든
큰 바위 이끼와 같다

1919 항해 일지

내 인생이라는 배는
지금 항해 중이라
언제 정박할지 모른다

1920 밤하늘의 눈빛

별은 밤하늘 눈빛
말 걸었더니
깜박거렸다

1921 폭로

누구든지
비밀을 폭로하고
싶어 한다

1922 나를 찾는 삶

평생을
살아오고 보니
나를 찾는 삶이었다

1923 귀로

일 끝내고
돌아가는 길
귀로는 보람이 있다

1924 술독

술독에 빠지고 싶은
남자들이
세상에 많다

1925 까닭

아무 까닭 없이
어떤 일도
일어나지 않는다

1926 피눈물

한 서린 고통에
피눈물이
터지고 말았다

1927 급류 타기

세상은 급류 타기
거스르지 말고
순리에 맡겨라

1928 멍 때리다

가끔은
아무 생각 없이
멍 때리고 싶다

1929 조롱

죄 없는 사람
조롱하고 오장 긁어
마음이 편한가

1930 굴뚝

오죽 답답하면
굴뚝이 한숨처럼
연기를 토해 낼까

1931 소원

모든 사람의 소원이
이루어지면
세상은 망한다

1932 잔영

떠나도 아직
잔영으로 남아 있는
그리움이 있다

1933 첫 입맞춤

첫 입맞춤은
순수한 사랑의
몸짓이다

1934 기죽지 마라

연약한 풀들도
한겨울 버티고 살아난다
기죽지 마라

1935 자연 풍경

나무는 서로 좋아서
숲을 만들고
자연 풍경에 일조한다

1936 현기증

현기증이 나도
너와 사랑할 시간이
남아 있으면 좋겠다

1937 토란국

명절이면
어매가 끓여주는
토란국이 먹고 싶다

1938 상처

가장 아름답던 사랑이
상처가 되니
고통의 연속이다

1939 반복

새로운 변화가 없는
똑같은 반복은
지루하기만 하다

1940 입의 말

실천이 없는
입의 말은
손가락질 받는다

1941 빙어

얼음물 속을
살아 헤엄치는
작은 물고기

1942 들꽃 향기

들꽃은
바람이 불 때마다
향기로 말한다

1943 번지점프

잠시 동안
새가 되어
하늘을 날았다

1944 일

일을
할 수 있는 것도
삶의 기쁨이다

1945 가을 편지

가을 편지 읽으려고
단풍이 든
숲을 찾았다

1946 후회만 남는다

상처를
주고받으면
후회만 남는다

1947 가장 슬픈 말

가장 슬픈 말은
헤어지자
만나지 말자

1948 밤하늘 별

밤하늘
별 하나는 외로워
여럿이 함께 빛난다

1949 아름다운 꽃

꽃이 아름답고
꿀이 있으니
벌, 나비가 찾아온다

1950 술

술로 상처 난 마음
술로 씻으려 했더니
씻기 전에 취했다

1951 장마비

만나고 싶었던
구름들이 해후하여
장마비를 쏟아낸다

1952 풍진 세상

이 풍진 세상
온갖 덤불길 이겨내는 것이
사는 맛이다

1953 작설차

작설차 한 잔에
향기 가득하고
편안함도 가득하다

1954 감옥

사람들은
스스로 만든
감옥에 갇혀 산다

1955 꽃씨

아름다운 꽃도
꽃씨가 떨어져야
내년에 다시 핀다

1956 술잔

술이 당기는 날은
술잔이 연인의
입술처럼 달콤하다

1957 차

작은 잔에 퍼지는
차향에 목을 축이면
마음이 편하다

1958 목장

푸른 초원 목장에서
먹고 쉬니
하늘 아래 가장 편안하다

1959 잔디

잔디는
세상이 시끄러워도
말없이 덮어간다

1960 죽음의 길

죽음의 길
단장하려고
수의를 지었다

1961 고물상

고물상은
고장 난 운명들의
마지막 도착지다

1962 시간 여행

삶은
제한된
시간 여행이다

1963 진주

진주는 알알이
인간 슬픔을 담은
귀한 보석이다

1964 비통

참다 참다
비통해서
눈물이 터져버렸다

1965 사다리

올라가면
누구나
내려와야 한다

1966 도라지꽃

산길을
밝히려고
하얀 꽃 피었다

1967 새소리

기분이 상쾌하면
정겨운 새소리
가까이 들린다

1968 민초

민초를
우습게 여기지 마라
세상의 주인이다

1969 정원사

정원사가 뜰을
다듬고 지나가면
풍경이 달라진다

1970 저울

인생의 무게를
가끔 저울에
달아보고 싶다

1971 문풍지

문풍지 구멍 뚫고
누가 오나
엿보고 싶다

1972 쓸쓸한 날

쓸쓸한 날은
진한 커피와
친구가 된다

1973 신발끈

신발끈이
별것 아닌 것 같아도
풀리면 걸을 수 없다

1974 지옥

짧은 인생
때로는 지옥 같아
엉망진창이다

1975 힘든 날

힘든 날은
하늘에 떠 있는
구름조차 막막하다

1976 집 걱정

바위는
집 걱정을 하지 않는다
놓여진 곳이 집이다

1977 헤픈 사랑

이 사람 저 사람
헤픈 사랑놀이 빠졌다가
혼자 남았다

1978 흐르는 물

물이 쉽게 흐르면
흐르는 소리가
나지 않는다

1979 마음속 계단

사람의
마음속에는
계단이 있다

1980 허무

사람들이 함께하다
멀어지면
더욱 허무하다

1981 폐허

나이 들어
늙어가는 노인의
얼굴에서 폐허가 보인다

1982 들고양이

고양이가 집을 나왔나
슬프게 울며
헤매고 다닌다

1983 슬픔이 젖는다

내리는 비에
슬픔이
촉촉하게 젖는다

1984 햇빛을 안 보면

햇빛을 보지 않고
방 안에 갇혀 있으면
마음이 더 우울해진다

1985 길가에 핀 꽃

얼마나 관심을
받고 싶었으면
길가에 꽃 피었을까

1986 꽃가마

꽃가마 탈 때는
행복하더니
시집살이 눈물뿐이다

1987 핸드 드립

핸드 드립
커피 떨어지는
소리가 경쾌하다

1988 뻔한 세상

뻔한 세상
혹시나 하고
기웃거리며 산다

1989 괴로우면

마음이 괴로우면
구겨지는 소리가
들린다

1990 소문의 시작

소문의
시작은
자기 입이다

1991 현대 도시

현대 도시는
삭막해서
다정한 이웃을 잃었다

1992 아파트

아파트 값
오를수록
마음의 벽 두껍다

1993 노인정

노인정에서 한때는
대단했다고
서로 자랑한다

1994 첫인상

처음 만나면
웃어주는
여유를 갖자

1995 버팀목

울 아버지는
늘 가족의 힘이고
버팀목이었다

1996 빙벽

힘차게 쏟아지던
물줄기가
빙벽이 되었다

1997 타향 길

타향 길은 언제나
익숙하지 않아
배로 힘들고 지친다

1998 물 한 방울

물 한 방울이
소중하다
생명의 시작이다

1999 개망초꽃

산과 들에서
흔하게 만나도
웃음으로 반긴다

2000 막간

잠시 잠깐 막간에도
엄청난 일이
일어난다

2001 차를 마시며

차 한잔 즐기는 것도
힘들게 사는
사람에겐 미안하다

2002 저승꽃

죽음을 알려주려고
노인의 얼굴에
저승꽃 피어난다

2003 부끄러움

내 속을
보고 있으니
내가 부끄럽다

2004 지난날

지난날은
아름다운 추억이며
삶의 나침판이다

2005 입맞춤

입맞춤하는
짧은 순간에
온몸에 전율이 흘렀다

2006 노숙자

현주소를 잃어버린
거리의 사람들
눈물도 말랐다

2007 가야금 산조

가야금 줄 하나하나
뜯는 소리에
한이 녹아내린다

2008 사랑

사랑이 싹트는
순간이 좋아
그 후론 말할 수 없다

2009 아름다운 추억

아름다운 추억을 향해
그리움의 키가
점점 자란다

2010 붉은 장미

붉은 장미를 보자마자
첫눈에 반해
마음을 빼앗겼다

2011 찻잔

모진 세상 잊고
둥글게 살려고
둥근 찻잔에 차를 마신다

2012 금방 돌아올 거야

금방 돌아올 거야
굳게 약속하고
돌아오지 못하는 사람들

2013 시선

그대의 눈빛에
사랑이 있어
바라만 보아도 행복했다

2014 낮달

낮에 나온 달이
갈 곳 잃고
내 마음에 떠 있다

2015 겨울 나룻배

얼어붙은 강에
겨울 나룻배도
꽁꽁 얼었다

2016 쓸쓸한 나무

한겨울에
홀로 서 있는
나무는 쓸쓸하다

2017 단 하나의 장면

단 하나의
행복한 장면에도
감동을 하며 산다

2018 그 일

그날 그때 그 일만
없었더라면
달라질 수 있었다

2019 행복이 멀어졌다

불행이 찾아와
행복이 기억 속에서
저만치 멀어졌다

2020 사계절 강물

누구의 아픔이
누구의 눈물이
사계절 강물로 흘러갈까

2021 유리창

유리창은 세상을
내다볼 수 있는
눈이다

2022 모욕

자기 인생을
엉망으로 만드는 것은
자기에 대한 모욕이다

2023 산

산이 외로울까 봐
새가 노래하고
구름이 머물다 떠난다

2024 사람들이 떠나도

사람들이 떠나도
섭섭하게 생각 마라
다른 사람이 찾아올지니

2025 미로

미로여도
부지런히 걷다 보면
길이 나온다

2026 복숭아꽃

탐스런 열매를
맺으려고 봄날에
수줍게 꽃을 피운다

2027 구두 수선

구두 수선을 하며
내가 걸어온
길의 허물도 수선한다

2028 참극

일어나지 말아야 할
일어나지 않았으면
좋았을 비참한 그 일

2029 여우비

여우비가
잠시 잠깐 내려
감질이 난다

2030 다시 만나는 사람

인정이 넘쳐야
다시 만나는
사람이 많다

2031 실바람

풀들이 실바람에
온몸을 내맡기고
노래한다

2032 제자리 지키기

나무는 평생 동안
제자리를
지키고 서 있다

2033 치자꽃

하얀 치자꽃이 피니
공기도
맑아진다

2034 당신의 눈물

당신의 눈물 속에
아픔이 있어
위로해주고 싶었다

2035 아침잠

피곤을 씻기 위해
늦은 아침까지
푹 자고 싶다

2036 해안 도로

해안 도로를
차로 질주하며
노을 속으로 빠져든다

2037 어긋나게

가끔은
어긋나게
살고 싶다

2038 가을 강

가을 강은
왠지 고독하게 흘러
나도 고독하다

2039 고장

고장 난 시계
세월도
멈춰버렸다

2040 마음

도량이 크면
얼굴 생김보다
마음을 본다

2041 홀로 누워 있으면

홀로 누워 있으면
외로움이
뼛속에 사무친다

2042 바위도 고통스러우면

바위도 고통스러우면
깨지고 쪼개지며
비명을 지른다

2043 망설임

어쩔까 어찌할까
망설임 속에
갈피를 못 잡는다

2044 빈궁

돈이 없어
고생길로
들어섰다

2045 눈 내리는 마을

눈 내리는 겨울
온갖 더러운 것들도
잠시 하얗게 덮어준다

2046 바람

나의 마음속에
항상 바람을 갖고
살아가고 싶다

2047 군중심리

군중심리로
몰려다니고 소리치다
자신을 잃어버린다

2048 산속

속세에서
산속 깊은 골짝을
어찌 알 수 있을까

2049 나의 길

내가 사랑하고
좋아하고 아끼는
나의 길

2050 사냥꾼

사냥꾼이
총소리 쾌감을 좇을 때
짐승들은 절망한다

2051 도토리

바람 불면
자기를 주워가라고
후두둑 떨어진다

2052 밝은 달밤

밝은 달밤
그림자들이 제자리에서
놀고 있다

2053 상처를 덮자

누덕누덕
기워서라도
아픈 상처를 덮자

2054 사과

여름 햇살 먹고
빨갛게 다부지게
잘 익었다

2055 나무도 늙어

나무도 늙어
나뭇가지마다
지난 세월이 매달려 있다

2056 암흑

칠흑 같은 어둠에
더 진한 어둠을
덮었다

2057 새벽 기차

잠이 덜 깨서 그런가
새벽 기차 타고 가는
나도 왠지 어설프다

2058 소박한 꿈

가난한 사람들의
가장 소박한 꿈
"남들처럼 살고 싶다!"

2059 애원

가뭄이 계속되자
풀과 나무들의 시선이
애원하듯 하늘을 바라본다

2060 지독하다

악이 지나치면
독을 품어 기어이
최악의 일을 저지른다

2061 산

산은 앉아 있는 것일까
서 있는 것일까
누워 있는 것일까

2062 시련의 웅덩이

시련의 웅덩이에 빠져
헤어나오지 못하니
고달프고 힘이 든다

2063 일복

가난으로
일에 잔뼈가 굵어
못할 일이 없다

2064 은행나무

은행나무는 가을에
노란 낙엽을 깔아주고
열매까지 내어준다

2065 부자

시간이 지날수록
부자에게는
큰돈이 따라 들어온다

2066 터전

객지에서
궁상떨며 살다
겨우겨우 터전을 잡았다

2067 살아 있는 것만으로도

살아 있는 것만으로도
할 수 있는 일이
얼마나 많은가

2068 일하는 즐거움

일하는 즐거움에
기쁨과 행복이
손잡고 찾아온다

2069 치매

여보! 같이 살아온
세월이 얼만데
나를 왜 못 알아보오!

2070 낮술

허무의 벽이
너무 쓸쓸해
낮술을 마신다

2071 가을 만찬

밤, 대추, 잣, 호두, 땅콩,
각양 열매 씹어 먹기
좋은 계절이다

2072 파도의 자장가

큰 섬 옆에
작은 섬 하나
파도의 자장가에 잠든다

2073 묵묵하게

흔들리지 않고
묵묵하게 살아야
후회가 없다

2074 늙은 농부

평생 일에
파묻혀 살다
골병이 들었다

2075 눈 덮인 산

여름에 눈 덮인 산
겨울을 만나듯
반갑다

2076 상상력

상상력을 끊임없이
자극해야
연상이 떠오른다

2077 파도 소리

하얀 물꽃 피우는
파도 소리가
들을수록 좋다

2078 암

힘든 삶 살아왔는데
암이라니
가슴이 미어진다

2079 숲속 향기

숲속 향기에
가슴까지
후련하다

2080 술친구

술친구 사이
술잔을 기울이면
정도 쌓인다

2081 구름 위 발자국

구름은 발자국 하나
남기지 않아
뒤를 밟아보고 싶다

2082 가끔은

가끔은 우산 없이
내리는 비를 맞아도
기분이 괜찮다

2083 한적한 곳

한적한 곳에
혼자 있으면 쓸쓸함이
쉽게 찾아온다

2084 허탕

일도 약속도
허탕 친 사람은
허무함을 일찍 배운다

2085 심술

못된 심술이
사람의 심사를
괴롭힌다

2086 천국의 맛

배고플 때는
모든 음식에서
천국의 맛을 느낀다

2087 단순해질수록

복잡함을 떠나
단순해질수록
마음이 편안하다

2088 여정

위대한 일은
여정을 시작해야
이루어진다

2089 귀여운 변명

귀여운 변명 같지만
내 마음 같으면 소원을
몽땅 들어주고 싶다

2090 사는 재미

힘들어도
사는 재미를 찾아
이겨내야 한다

2091 새 아침을 노래하는 시

새 아침을 노래하는 시는
파도 소리, 닭 울음소리
새소리다

2092 세상사

세상사 알수록
실망해
혼자 있고 싶다

2093 해피엔딩

우리 사랑이
아름다운
해피엔딩이면

2094 행운

행운이 아니라
내 힘으로 해낼 수
있다면 좋겠다

2095 우리네 인생

우리네 인생은
이 세상에 초대받은
특별한 인생이다

2096 가을 색감

가을은 온갖 색들이
가득 찬 계절
바람 소리조차 듣기 좋다

2097 돼지저금통

돼지저금통은
돈만 먹고
이자가 안 붙는다

2098 인연

이 세상에서
만난 사람들이
행복했으면 좋겠다

2099 사랑하는 나무

나무 두 그루가
사랑으로 하나가 되어
자라고 있다

2100 고추

고추 주머니
탈탈 털었어도
아주 맵다

2101 즐거움

삶 속에서
즐거움을 만드는 사람은
행복한 사람이다

2102 새싹

초록 손가락 같은
새싹이 쑥쑥 돋아나
잘 자란다

2103 나무의 욕망

나무는 한없이
자라고 싶지만
욕망의 끝은 하늘 밑이다

2104 풀꽃이 피어나면

풀꽃이 피어나면
웃음이 가득해
외롭지 않다

2105 떠나가는 배

바다 위로 떠나가는 배
파도가 툭툭 쳐주며
잘 가라고 인사한다

2106 구름 다리

밤이면 달이
구름 다리 건너다니며
밝게 웃는다

2107 낮은 곳에서

낮은 곳에서
겸손하게 살자
욕심내도 소용없다

2108 꽃 피는 밤

꽃 피는 밤
꽃 피고 싶어
가슴이 불타오른다

2109 한길

오직 한마음으로
살아보겠다고
한길로 줄달음쳤다

2110 풍선

속은
쥐뿔도 없는데
배만 불렀다

2111 어디 갔을까

어린 시절
같이 놀던 친구들
어디 갔을까

2112 하관

한 사람의 인생이
흙으로 돌아가면
다시는 볼 수가 없다

2113 구박

부족한 부분만 찾아
못살게 구니
진저리가 난다

2114 참새 식구

날씨 좋은 날
양지에서 참새 식구가
한솥밥을 먹고 있다

2115 더위

폭염이 끓더니
찬바람 불자
더위가 한풀 꺾였다

2116 휴식

땀나게 일하다가
잠깐의 휴식으로
한숨 돌린다

2117 허리띠

가난을 극복하고
잘살아보겠다고
허리띠 졸라맸다

2118 술꾼

술꾼들은 한잔
걸치는 맛에
세상을 살아간다

2119 새소리

이른 아침
창밖 새소리에
귀가 솔깃하다

2120 가을 시

가을의 파란 하늘
단풍과 꽃과 열매가
시를 그려놓았다

2121 끊어진 시

잘 쓰다가
길을 잃어버린 시
언제 다시 쓸 수 있을까

2122 이삿짐

가난할 때는
이삿짐 쌀 때마다
막막하고 안타까웠다

2123 겨울 바다

겨울 바다는
꽁꽁 얼기 싫어
파도치며 몸을 푼다

2124 시련

시련 속에
고통이 몰려오고
눈물이 고였다

2125 노력

땀 흘리기
싫어하니
고생문이 훤하다

2126 수다

수다 떨고
너스레 떠는 것에
넌더리가 난다

2127 한

한이 골수에
사무치니
시리지 않은 곳이 없다

2128 미래

아직 오지 않은 날
가보지 않은 길이라
기대가 된다

2129 막걸리

막걸리 한 잔 한 잔
마시다 보면
서로 가까워진다

2130 뚝방

뚝방 물이
갇혀 있다가 터져
자유를 얻었다

2131 감기 몸살

며칠 앓고 났더니
건강이 소중한 걸
깨달았다

2132 출발

출발은
끝을 향하여
달려가는 시발점이다

2133 허풍

대단한 줄 알았더니
죄다 허풍이고
개뿔도 아니다

2134 자연의 소리

생명이 역동하는
자연의 소리는
듣기가 좋다

2135 운명처럼

운명처럼
둘이 하나가 되어
사랑을 나누고 싶다

2136 한 식구

희로애락을 같이하니
한 식구처럼
정이 폭 들었다

2137 초가집

초가집은 겨울에
문풍지가 흔들려도
불을 때서 따뜻하다

2138 담쟁이

담쟁이는
담을 타고 올라가는
암벽 타기 선수다

2139 비

비가 한바탕 쏟아지니
가슴이 확 트여
속이 다 후련하다

2140 이간질

멀쩡한 사이를
이간질을 시키니
속이 뒤집힌다

2141 허영

허영으로
화려하게 치장하니
꼴불견이다

2142 날탱이

날탱이는
변변한 것 없이
허물만 멀쩡하다

2143 고등어

고등어 회 한 점에
바다의 향기와
맛이 느껴진다

2144 아침 바다

해가 가장 먼저 떠오르는
아침 바다는
희망의 시작이다

2145 혼꾸멍났다

천둥벌거숭이
제 버릇 못 고치고
날뛰더니 혼꾸멍났다

2146 내 마음의 집

내 마음의 집에는
꿈과 그리움이
살고 있다

2147 고기잡이

물때를 못 맞추면
그물을 수없이 던져도
허탕만 친다

2148 사람 구경

벚꽃 축제에
사람이 너무 많아
벚꽃이 사람 구경했다

2149 고향

고향은 어린 시절
추억이 남아 있기에
늘 그리운 곳이다

2150 환상

그 사람과
살았으면
더 행복했을까

2151 어제

다시 오지도
만나지도 못할
떠나가버린 날

2152 어매의 말

“이 세상에
너희 아버지 같은
사람은 없다!”

2153 갈증

목마른 갈증에
시원한 냉수 한 사발
마시고 싶다

2154 용서

용서를 하지 않으면
아픔에서
벗어날 수 없다

2155 강물

강물은
온몸을 펼쳐서
바다로 흘러간다

2156 아무것도 모르고

아무것도 모르고
그냥 좋아하고 싫어하고
웃다 울던 시절도 있다

2157 빗소리

반가운 빗소리
산천초목이
모두 다 좋아한다

2158 열매

달큰한 향기와
맛이 주는 행복감
너무 고맙다

2159 솔잎 향기

솔잎 향기 코끝에
다가오면
가슴이 뚫린다

2160 산에 오르다

산에 오르다 만난 짐승
반가운 것과
무서운 것이 있다

2161 안달

부모는 살붙이들
고생할까 안달하며
마음을 놓지 못한다

2162 홍수

물의 흐름이 빨라져
삼킬 듯 들이닥치는
입이 너무 무섭다

2163 상엿길

늘 다니던 길
상여가 죽음의 길을
안내하고 있다

2164 곗돈

계주가 곗돈을 들고
달아나도 어매는
또 계를 시작했다

2165 젓갈

싱싱한 바다에
소금을 뿌려
숨을 죽여 놓았다

2166 간격

가까움도 좋지만
일정한 간격으로
떨어짐도 편하다

2167 어두운 방

어두운 방에
혼자 머물며
고독을 배운다

2168 새벽밥

새벽밥 어미가
잠 설치고 차렸다
먹고 가라

2169 병풍

무얼 가리려고
멋진 그림을
그려놓았을까

2170 매듭 풀이

세상에는 매듭이
묶인 것이 많아서
풀면서 살아야 한다

2171 벽돌

벽돌도
잘 쌓아놓으면
아름다운 벽이 된다

2172 이팝나무

이팝나무 하얀 꽃이
눈이 내린 듯
아름답다

2173 돌아가는 길

돌아가는 길은 없고
늘 새로운 시간을
살아가는 인생

2174 현실도피

현실을 도피해도
아무것도
할 수 없다

2175 낚시

낚시는 손맛인데
물고기는 죽을 맛이라
비참하다

2176 둥근 달

밤하늘의
보름달
보기만 해도 좋다

2177 마당 쓸기

마당을 깨끗이
쓸고 나니
마음도 깨끗하다

2178 사람들아

사람들아
우리가 죽으면
누가 기억해줄까

2179 가족

가족이
짐이 되면 불행하고
사랑이 되면 행복하다

2180 악착

이 악물고 주먹 꽉 쥐고
악착같이 살아야
닥친 시련들을 이겨낸다

2181 짝사랑

별들이 달을 얼마나
짝사랑하면
밤새도록 쳐다볼까

2182 연어

연어는 명절도 아닌데
머나먼 길
고향을 찾아온다

2183 개도 웃는다

쓸데없는 짓 해대니
어쩔 수 없어
개도 웃는다

2184 책

나이가 들면
서재의 책들도 하나씩
이별을 시작한다

2185 봄꽃 환영

추운 겨울
잘 보냈더니
봄꽃들이 환영해준다

2186 그릇

깨질 때 소리가 큰 것은
다시 돌아갈 수 없다는
통곡의 소리다

2187 쓴잔

삶의 쓴잔을
마실 수 있어야
단맛도 알 수 있다

2188 노인

노인의 남은 세월에
나오는 것은
한숨뿐이다

2189 두려움

자기 안에
갇혀 살면 두렵다
어서 빨리 뛰어넘어라

2190 우리들의 삶

우리들의 삶
그냥 왔다 그냥 살다
그냥 떠나간다

2191 엄마를 기다린다

집에 아무도 없어서
마루에 걸터앉아
엄마를 기다린다

2192 이 세상에 살며

이 세상에 살며
상처 하나 없는
사람이 있을까

2193 초상화

마지막 남긴
한 장의 초상화도
불타 사라진다

2194 그럴 수도 있지

나이가 들수록
하나둘씩 이해가 된다
"그럴 수도 있지!"

2195 떠나는 세월

가을을 찾아
단풍 길 걸으며
떠나는 세월을 만났다

2196 인생 지도

인생 지도를 펼쳐
내가 어디로 가고 있나
보고 싶다

2197 열매들의 노래

열매들이 익어가며
행복을 품고 있으니
어서 따 가라고 소리친다

2198 수수

참새가
수수 모가지에 매달려
곡예를 한다

2199 후회가 없다

세월이 다 지나기 전에
깨닫고 바로 살아야
후회가 없다

2200 인간의 도리

인간의 도리가 무어냐
잘해주려 하지 말고
싫은 일 하지 마라

2201 간밤에

간밤에 문소리 듣고
잠 깼는데
그대 아닌가 했다

2202 헤어짐

만남이
의미를 잃으면
헤어짐이 된다

2203 잠결에

꿈속에서라도
보고 싶어
잠결에 눈물 흘렸다

2204 차마

차마 말 못 한
사연이
아직 남아 있다

2205 우리 어디서 살지라도

우리 어디서 살지라도
서로 사랑했다는 것을
잊지 말자

2206 도시의 시선

도시의 시선은
차갑고 매섭고
무관심하다

2207 나는 누구인가

나는 누구인가
끝나지 않는 질문을
수없이 던졌다

2208 죽음이 다가오면

피하지 못하는
죽음이 다가오면
순순히 받아들이자

2209 목장

목장에서
어린 송아지들이
엄마 찾아 헤맨다

2210 사는 맛

날마다 사는 맛이 있어
보람도 있고
재미도 있다

2211 빈둥대다

빈둥대며 놀면
편할 것 같아도
지루하고 따분하다

2212 싸움

꼭 이기는 것이
승리가 아니다
져도 이길 때가 있다

2213 외로운 가슴

촛불 하나
커피 한 잔이
외로움을 달래준다

2214 가난한 시절

아픔과 통곡이
끊이지 않고
뼈저리던 시절이다

2215 헛된 꿈

헛된 꿈은
이루지 않는 것이
훨씬 좋다

2216 내일

아직 이루어지지 않은
꿈이 기다리고 있는
날이다

2217 해 질 무렵

해 질 무렵
그대를 만나
한없이 걷고 싶다

2218 크레용

크레용으로 그린
아이들의 그림은
순수하고 맑다

2219 한겨울

나무들은
한겨울에 야영을 해도
잘 견딘다

2220 늪

잘못 선택하면
평생 늪에서
못 빠져나온다

2221 마음 연못

그리움을 품은
마음 연못에
풍덩 빠지고 싶다

2222 배회

보고 싶어
혹시 만날까
배회하며 서성거렸다

2223 행방불명

어제 불어왔던 바람은
어디로 갔는지
행방불명이다

2224 대백로

대백로는
누가 보고 싶어
목만 길어졌을까

2225 맛집

맛깔난 음식과
반가운 인정을
파는 집

2226 대꽃

대나무는 대꽃을
평생 한 번 피우고
죽는데도 꼿꼿하다

2227 얼간이

너나 나나
똑같은데
왜 어리석다 흉보는가

2228 막다른 골목

살다 보면
막다른 골목이라
갈 곳이 없을 때가 있다

2229 당신이 있어

당신이 있어
오늘도 살맛이
난다

2230 망명

우리가
살고 싶은 곳으로
망명을 떠나자

2231 빈손

빈손이라
마음에 여유가 있고
속이 편하다

2232 샘터

이른 아침 샘터에서
한 여인이 가족을 위해
생명수를 긷는다

2233 초행길

처음 가는 길은
언제나
멀게 느껴진다

2234 의심

의심이 찾아오니
물음표가 자꾸만
찍혔다

2235 항상

항상 보고 싶다
네가 항상 미치도록
보고 싶다

2236 꽃

꽃은 요란하게
멋내지 않아도
얄밉도록 아름답다

2237 부채춤

춤사위 따라
파닥이는 부채가
속사연을 전해준다

2238 외로운 날

외로운 날은
보이는 것마다
쓸쓸하다

2239 그때가 제일 슬펐다

어려움이 닥쳤을 때
할 수 있는 게 없어
그때가 제일 슬펐다

2240 함흥냉면

무더운 여름이 오면
함흥 물냉면 생각나
습관처럼 찾아간다

2241 문패가 좋다

집을 사면
문패를 달고 싶었는데
아파트는 감방 번호 같다

2242 떠나간다

간다 간다
떠나간다
모두 다 떠나간다

2243 농부의 마음

가뭄에
땅이 바싹 마르니
농부의 마음도 마른다

2244 청개구리

청개구리가 많다
진정한 효자는
어디 있을까

2245 도축장

늙은 소가 평생 일하고
도축장에 울면서
끌려간다

2246 추위를 견딘 상처

한겨울 추위를
견딘 상처에서
꽃이 피고 열매가 열린다

2247 봄꽃 향기

봄꽃 향기에
정신줄 놓고
바라보았다

2248 땜질

아무리 땜질해서
붙여놓아 봤자
또 떨어진다

2249 사슴

사슴은 욕심 없고
착한 짐승이라
뿔 왕관을 썼다

2250 평생

사람은 평생 동안
돈과 사랑과
시간에 쫓겨 산다

2251 봄나물

달래, 냉이, 씀바귀,
온갖 봄나물들이
축제를 벌인다

2252 가을 속으로

가을 속으로 가려면
단풍 숲길을 걸어야
더 깊이 들어갈 수 있다

2253 혼술

혼술은 싫다
혼자 마시니
더 외롭고 고독하다

2254 아름다운 사람

아름다운
추억이 있어
놓치고 싶지 않다

2255 호들갑

대단한 것도 아닌데
호들갑을 떨며
생난리를 친다

2256 붓

붓으로 대나무를
그리니
잎이 살아난다

2257 그리운 오늘

네가 떠오른 오늘은
그리움 속에
그냥 서 있고 싶다

2258 보릿고개 시절

보릿고개 시절
풀칠하기도 힘들어
종일 나물 캐러 다녔다

2259 병실

병실에
신음 가득하더니
퇴원 소식에 웃음이 돈다

2260 동네잔치

동네잔치에
얼쑤 어깨춤이
절로 난다

2261 달구질

죽어도 못 나오게
달구질하며
땅을 다져 묻는다

2262 질경이

배고플 때는
나물이라 하더니
배부르니 관심도 없다

2263 새장

갑갑한 새장에
새를 가두지 말고
하늘로 날려 보내라

2264 흔들바위

어디를 가려다
못 가고 오랜 세월
들썩이고만 있을까

2265 골짜기

골짜기 흘러가는 물에
바위 깎이고
세월 깎인다

2266 가을걷이

가을걷이 곡식이
가득하니
한시름 놓는다

2267 무덤

무덤은
숨이 정지하여
딱 멈춘 곳이다

2268 가을 추억

낙엽이
가을 추억을 남기고
떠났다

2269 일

일이 너무나
힘들고 고되어서
온몸이 파김치다

2270 날마다

날마다 찾아오는 것과
떠나는 것이
교체되고 있다

2271 가위에 눌리다

뭘 얼마나 잘못했으면
가위에 눌려
꿈에서까지 괴로울까

2272 돌파구

뒷걸음치지 말고
돌파구를 찾아
헤쳐 나가라

2273 구름 한 점

푸른 하늘에
구름 한 점
청량하다

2274 배고프면

배고프면
맨밥 물 말아
먹어도 맛있다

2275 아침 커피

멍 때리고 있다가
아침 커피 한 잔에
기분 좋다

2276 푸른 하늘 아래서

우리 푸른 하늘 아래서
아무런 부끄럼 없이
떳떳하게 살아가자

2277 혼수상태

벌집 쑤신 듯 헤집으니
깨어 있어도
정신없는 혼수상태다

2278 세상이 바뀌다

세상이 바뀌었다
노인 아이 구별 없이
각자가 마음대로 산다

2279 연락선

따라오는 연락선
갈매기 서러워
목메어 운다

2280 맙소사

맙소사
정말 이럴 줄
몰랐다

2281 호박잎 쌈

여름 태양을
먹고 자란 호박잎에
쌈을 싸 먹으면 꿀맛이다

2282 가을의 시간

단풍이 들기 시작해서
낙엽이 떨어질 때까지
가을의 시간이다

2283 안타까움

안타까움에 입술이
바싹 마르고
온몸이 떨린다

2284 어둠의 껍질

새벽에 새가 날아가며
어둠의 껍질을 깨니
새날이 밝게 찾아온다

2285 떠난 친구

떠난 친구 얼굴도
이름도 잊었지만
보고 싶다

2286 신발

신발이 낡을 때까지
같이 다닌 곳을
절대로 말하지 않았다

2287 고목

누가 고목을
저렇게 사정없이
잘라버렸을까

2288 외로운 날

찬바람 부는 날
창가에 앉아
외로움을 마신다

2289 고독의 뼈대

살 만해 보여도
외롭고 쓸쓸한 일이
고독의 뼈대를 만든다

2290 벌거숭이

맨손 맨발
맨몸뿐인 벌거숭이
아무것도 없다

2291 고속도로

똑같은 삶인데
고속도로 달린다고
달라질까

2292 시침 떼기

오리발 내민다고
시침 뗀다고
속일 수 있을까

2293 찰나

너무나 짧은 순간
찰나가
모든 것의 시작이다

2294 이름

살면서 목 놓아
부를 수 있는
이름 있으면 좋겠다

2295 고드름

추울수록
고드름은 거꾸로
매달려 길게 자란다

2296 맹추위의 칼날

한겨울에
맹추위의 칼날이
날카롭게 섰다

2297 노심초사

마음에
걱정거리가
바글거린다

2298 편지통

편지통에
편지 한 통 없이
텅 비어 허무하다

2299 **서운함**

지척에 있었는데
서운하게
멀리 떠나버렸다

2300 **가슴이 무너지다**

어떻게 살아왔는데
어떻게 견뎌왔는데
가슴이 무너져 내린다

2301 **도시 속의 섬**

사람들이 도시 속에서
제각각 외로운
섬이 된다

2302 **촉새**

촉새가 잘게
떠드는 소리
성질을 건드린다

2303 **혼자 사는 사람**

혼자 사는 사람에게는
넋두리를 받아줄
누군가가 필요하다

2304 **벌**

잘못 없이
받는 벌은
참혹하다

2305 민중의 외침

민중의 외침을
듣지 않으면
망할 수밖에 없다

2306 기대

늘 기대하면서
희망을 던져본다
"내일은 무언가 있을 거야!"

2307 당신

이 세상에서
나에게는
당신이 가장 소중합니다

2308 예감

일이 닥치기 전에
무섭운 예감이
스칠 때가 있다

2309 미안하다

살다 보면
고맙고 미안한
일들이 많다

2310 산에 올라보니

산에 올라보니
세상이 발아래로 보이고
욕심은 아무것도 아니다

2311 잠

폭 잤는데
잠이 다시
솔솔 찾아온다

2312 장사

장사는
소문이 잘 나야
대문이 열린다

2313 어쩌다

생각하지 못한 일이
어쩌다 갑자기
터져버렸다

2314 궤변

궤변을
아무리 늘어놓아도
실속은 없다

2315 허방 치다

아무리 노력해도
매사 남는 것 없이
허방 친다

2316 화산

속이 얼마나
끓었으면 한꺼번에
쏟아져 나왔을까

2317 고인 물

고인 물은 썩고
흐르는 물은
살아서 꿈틀댄다

2318 삶의 상처

삶의 상처 속에
의미가 있고
마디마디에 배움이 있다

2319 우편배달부

소식 기다릴 때는
우편배달부가
가장 반갑다

2320 계곡물

산이 하고픈 말을
계곡물이 쏟아내며
흘러가고 있다

2321 어린 시절

한밤중
성황당 넘는 길
간담이 서늘했다

2322 세월이 흐를수록

세월이 흐를수록
추억도 켜켜이
쌓인다

2323 신세타령

나이 늙어
지난 세월 후회하며
신세타령을 한다

2324 맨몸뚱이

넓은 세상에 나 혼자라
맨몸뚱이 하나로
다부지게 살았다

2325 물

물은 아래로 흘러갈수록
낮아지고 겸손해져
바다와 하나가 된다

2326 떠나버린 자국

떠나버린
자국마다
추억으로 남는다

2327 마음의 여유

석양을 바라보는 것도
마음의 여유가
필요하다

2328 제비꽃

제비는
어디론가 날아가고
꽃만 피었다

2329 가을의 절정

마지막을 알기에
더욱 뜨겁고 붉게
타오른다

2330 아지랑이

봄날 그리움에
아른대는 얼굴
아지랑이는 숫기가 좋다

2331 어설픈 위로

어설픈 위로 하지 마라
몸과 마음이 무너져
아무것도 들리지 않는다

2332 손 씻기

아침마다
손을 씻는다
더럽혀지기 싫어서

2333 달의 웃음

달이 불러
나갔다가
달의 웃음을 보았다

2334 어물전

어물전에는
살아 있는 바다가
펄떡인다

2335 동지섣달

동지섣달에는
붉은 팥죽 생각에
군침이 돈다

2336 얼굴

봄이 오면
나무와 풀들이 꽃 피어
봄의 얼굴을 내놓는다

2337 일월 일일의 아침

일월 일일의 아침
꿈을 갖고
힘차게 맞는다

2338 흥정

다시 한번
잘살고 싶어
삶을 흥정한다

2339 오월

오월이면
광주의 눈물이
온 땅을 적신다

2340 봄 기다리기

봄 기다리기 지루한가
풀잎이 숨이 죽고
강이 꽁꽁 얼었다

2341 세상 사람

세상 사람 수없이
만나보아도
정 있는 사람 적다

2342 밀알

밀알은 작지만
많은 열매를
선물한다

2343 손등

손등을 보면
내가 살아온
삶의 굴곡이 있다

2344 가을 감나무

꼭대기에 까치밥
몇 개 남겨두고
감을 선물로 보냈다

2345 강물은 흘러가며

강물은 흘러가며
시끄러운 세상 소음을
모두 쓸어간다

2346 쑥

쑥 따다가
쑥국 끓이면 향기가
집 안 가득하다

2347 하얀 눈꽃

하얀 눈꽃은
하늘에서 보낸
겨울 선물이다

2348 장마전선

날마다 내리는
비가 지겨워
이별하고 싶다

2349 오뚝이

천만 번
쓰러지고 넘어져도
다시 일어선다

2350 하늘 구름

구름들이 만나면
헤어지기 싫어
비를 쏟아낸다

2351 가을 벤치

가을 벤치
찾는 이 없어
낙엽 한 장 내려앉는다

2352 미움

남을 미워할 때도
나를 미워할 때도
힘들고 괴로웠다

2353 섬진강

굽이굽이 흘러
남쪽 따듯한 바다까지
달려간다

2354 박물관

무덤 속에서 나온 것들이
살아 있는 것처럼
전시되어 있다

2355 조개

조개는 왜 모래 속에
숨어 살까
세상이 궁금하지 않을까

2356 꽃길

봄이 오면
벚나무에 벚꽃 피어
꽃길을 만든다

2357 소금호수

거대한 호수가 사라지고
소금이 되다니
신기하다

2358 처음 본 사람

금방 헤어졌는데
잔상이 남아
오래오래 생각했다

2359 기분 좋은 날

기분 좋은 날은
찾아오는 것이 아니라
만들어가는 것이다

2360 속마음

가릴 수 없는 마음
사람마다 인상에서
속마음이 보인다

2361 봄 강

꽁꽁 얼었던
강이 풀리면
모든 것이 풀려나간다

2362 사춘기

누가 내 마음을
알아볼까
가슴이 두근거린다

2363 춘천 가는 길

춘천 가는 길
창밖 풍경이
아름답다

2364 당신을 만나서

당신을 만나서
내 삶에
큰 행복이 찾아왔다

2365 기쁨

행복하고 싶다면
숨겨진 기쁨을 찾아
사랑하는 이와 나누자

2366 이보시게

이보시게
꼭 할 말 있네
들어주게나

2367 두 갈래 길

만남에서
헤어짐으로
떠나는 두 갈래 길

2368 원룸

옆방 소리 들리는
작은 원룸
숨죽이며 산다

2369 붉은 강

황톳물이
핏물처럼
유유히 흘러간다

2370 추운 겨울밤

깊고 추운 겨울밤
외로움이 움츠린 채
홀로 떨고 있다

2371 겨울 빨래

겨울 빨래에
고드름이 달리니
옷들은 얼마나 추울까

2372 나그네

나그네는 발길 따라
세상을 구경 삼아
떠돌아 다닌다

2373 나무의 이야기

나무들은
서로 무슨 이야기를
속닥이고 있을까

2374 행복한 날

행복한 날
온 가족이 기분 좋게
웃는 날

2375 자판기 커피

동전 몇 개로
누리는 커피 맛이
이리 좋을 수가

2376 우산

비가 너무 내려
우산을 쓸 수도 없지만
버릴 수도 없다

2377 국민의 목소리

국민의 목소리는
참새 소리인가
듣지를 않는다

2378 검정 고무신 신고

가난한 시절
검정 고무신 신고
어디든 뛰어다녔다

2379 그날은

그날은 아마
우리가 서로 만나
사랑하고 있을 것 같다

2380 정동길

낙엽이 질 때 걷다가
커피 한잔에
가을 낭만이 살아난다

2381 한마음

그래
우리는 서로
한마음이야!

2382 뒤집기

남을 뒤집어놓으면
자기 자신도
뒤집힐 때가 있다

2383 입구

입구를 잘 찾아야
좋은 출발을
할 수 있다

2384 외마디

얼마나 하고픈 말을
꾹꾹 눌러놓았으면
한 번에 터져 나올까

2385 이구아수폭포

세상의 모든 물이
여기 모여서
쏟아져 내린다

2386 잠든 도시

잠든 도시에
어둠만 가득하게
내려앉았다

2387 과식

강물이 계속 흘러들어도
바다는 절대
과식하지 않는다

2388 모래성

일평생 만든 것이
모래성이라면
얼마나 허무할까

2389 자식

자식은 살면서
품을 수 있는
가장 큰 사랑이다

2390 뻔한 죽음

뻔한 죽음을 알면서도
열심히 살아간다는 것이
때로는 두렵고 슬프다

2391 누구나

누구나
자기만의 슬픔은
갖고 산다

2392 모순

삶 자체가
크나큰
모순이다

2393 나이아가라폭포

떨어져내리는 힘이
너무나 강해
세상을 압도한다

2394 바이칼

거대한 호수를
바라보니 과연
러시아는 큰 나라다

2395 멋

멋을 내야
멋진 사람이 있고
안 내도 멋진 사람이 있다

2396 누가 훔쳐갈까 봐

누가 훔쳐갈까 봐
알밤을 가시 속에
감춰놓았다

2397 담쟁이

담쟁이는
벽을 잘 타는
멋진 등반가다

2398 폭풍의 언덕

영국에 가서
폭풍의 언덕을 보니
소설과 똑같다

2399 무섬증

고요가 지나치고
침묵이 지나치면
무섬증이 생긴다

2400 햇살 좋은 봄날

벌과 나비들이
햇살 좋은 봄날
꽃과 밀회를 나눈다

눈 내리는 밤에도
나무들은 머물 곳을
찾아다니지 않았다

2401 어제

어제는 흘러간
시간 중에 기억이
가장 잘 난다

2402 현대인

상대의 허점을 잡아
쓰러뜨리는
사냥꾼들

2403 삶의 축복

누군가를 사랑하고
그리워하는 것은
삶의 축복이다

2404 귀뚜라미

가을이면
가을 노래를 작곡하여
밤마다 부른다

2405 다행이다

아픈 가슴을
다독여주는 따뜻한 말
"그래도 다행이다!"

2406 오랜 그리움

오랜 그리움에
걸터앉아 있다 보면
그대를 만날 수 있을까

2407 메아리

네가 살았던
삶이 다시
메아리처럼 돌아온다

2408 색깔

행복을
무슨 색깔로
표현할 수 있을까

2409 지우개

망각은 지우개처럼
머릿속 생각을 하얗게
지워놓는다

2410 혼쭐

한 번뿐인 삶
막살아가는 사람은
혼쭐이 나야 한다

2411 소심

마음이 소심하고
기가 죽어서
찍소리도 못 했다

2412 사무침

그리움이
골수에 사무치면
병이 된다

2413 따뜻한 손

따뜻한 두 손이
포개질 때
사랑을 느낀다

2414 생존

둘러보아라
모두가 살기 위한
몸부림을 치고 있다

2415 황혼

기울어진 햇빛
안타깝게 인생이
저물어가고 있다

2416 바위샘

바위틈에서
샘이 흐른다
바위의 눈물인가

2417 구멍

살다 보면
가슴에 구멍이
숭숭 뚫리기도 한다

2418 떳떳하게 살자

속 보여도
가리지 말고
떳떳하게 살자

2419 쪽박

누가 하늘에
쪽박을 버렸을까
초승달이 되었다

2420 꽃신

그대에게
꽃신을 신겨주고
들판을 같이 걷고 싶다

2421 세월 속에서

흘러가는 세월 속에서도
빛나는 별처럼
네 곁에 있고 싶다

2422 누구나

누구나
빚이 있다
빚 없는 사람 없다

2423 설마

설마 하다가
말대로
될 때가 많다

2424 명태

명태는 흠씬
두들겨 맞아야
국물 맛이 좋다

2425 밤중

어두운 밤중과
소리 없이
한 몸이 되고 싶다

2426 봄 뜰

햇살이
봄 뜰에 모여들어
겨울을 다 잊었다

2427 화음

서로를 바라보며
어울리게 불러야
노래가 된다

2428 여름방학

여름방학이다
물속에서 숨바꼭질하는
물고기 잡으러 가자

2429 수도원

깊은 산속 수도원
수도사들은
하나님을 만났을까

2430 청바지

청바지가 뻣뻣할 줄
알았더니
입으니 편하다

2431 처량한 날

신세 처량한 날
하늘만 바라보아도
괜히 눈물이 난다

2432 꽃

꺾은 꽃은
향기가 나지만
떨어진 꽃은 향기가 없다

2433 화해하며 살자

나와 가장 먼저
화해할 사람은
바로 나다

2434 물레

물레가 돌고 돌아
정신없이
실을 뽑아준다

2435 푼돈

푼돈을 얕보지 마라
무시하면
목돈이 안 모인다

2436 산사

산사에 비가 내려
물 떨어지는 소리
듣기가 좋다

2437 심란한 날

마음이 어수선하여
괜한 일에도
한숨뿐이다

2438 단절

끊어지고 떨어져 나가
거리가 멀어졌다
다신 못 만난다

2439 화사한 봄날

화사한 꽃 피는 봄날
햇살이 구경하려고
나뭇가지에 머문다

2440 잊혀진다는 것

사람들의 마음에서
멀어져 가는 것이
잊혀지는 것이다

2441 야시장

밤에 야시장을
재미있게 구경도 하고
배도 채운다

2442 힘들고 지칠 때

힘들고 지칠 때에는
하루하루 찾아오는 날도
무섭고 두려웠다

2443 담소

마음을 열고
정답게 담소를 나누면
세상도 내 편이 된 것 같다

2444 꿀벌

꿀벌이 달콤한
꿀을 빨고 다닌다
이빨이 썩지 않을까

2445 콩나물국

콩나물국 한 그릇이
목 줄기에 시원함을
가득 채워준다

2446 물안개

물안개는
잠시 왔다 사라져도
아무 미련이 없다

2447 정동진

정동진 바다를 보다
해 뜨는
아침을 만났다

2448 한탄강

한탄강에는
누구의 한이
마르지 않고 흘러갈까

2449 모슬포

겨울에 모슬포에서
방어회를 먹는데
파도 소리가 멋지다

2450 일몰

일몰이 되자
노을과 함께 해가
어둠 속으로 사라진다

2451 순서

시작이 있으면
끝이 있듯
모든 것에는 순서가 있다

2452 바람이 불면

바람이 불면
풀꽃들이 살랑대며
이야기꽃 피운다

2453 인생

위대하고 찬란한
인생도 한 줌의 재로
영원히 사라진다

2454 북촌

옛 선비가 되어
느린 걸음으로
한적한 북촌을 걷는다

2455 실마리

어디서부터
풀어야 할까
사방이 꽉 막혀 있다

2456 창

창은 닫아놓으면
벽이 되지만
열면 소통이 된다

2457 한계령

한계령 굽이마다
남겨놓은 이야기를
사랑하는 이와 듣고 싶다

2458 셋방살이

셋방살이 월세에
매달 시달리니
신세 고달프다

2459 살아온 인생

살아온 인생 묻지 마라
살고 보면
거기가 거기다

2460 겨울바람

서슬 퍼런
겨울바람이 불어
천지가 얼어붙었다

2461 멍에

무거운 멍에를
혼자 지기 힘들어
참 많이도 울었다

2462 눈물

내 몸속에 감춰둔
옹달샘이 터졌나
눈물이 쏟아진다

2463 넋두리

아버지는 힘들면
넋두리하듯
하늘에 소리를 질렀다

2464 개차반

사람이 개차반이라
고주망태가 되도록
술을 먹어댄다

2465 지리산

지리산은 한이 많아
굽이굽이 붉은 피가
흐르고 있다

2466 씨앗 속에

씨앗 속에
생명의 비밀이
숨어 있다

2467 자장가

엄마의 자장가 소리
토닥토닥 두드리는 손길에
아기는 스르륵 잠든다

2468 돌다리

돌다리를 말없이
뒤따라 건너며
몰래 사랑을 했다

2469 씀바귀

씀바귀 쓰디쓴 나물이
입맛을 돋우니
신통하다

2470 울산바위

미시령 옛길에서
바라본 울산바위
언제 봐도 반갑다

2471 어매의 웃음

자식이 조금만 잘해도
좋아하시던 어매의
웃음이 보고 싶다

2472 거리감

서로 거리감이
생기면
이별의 시작이다

2473 나무의 길

나무는 스스로
길을
만들지 않는다

2474 기적

기적이다
꽃이 떨어진 곳에서
열매를 맺다니

2475 흐뭇한 삶

나의 삶을 돌아보니
흐뭇하다
이게 행복일까

2476 가벼움

마음을 비워
가슴 누르는 중압감을
가볍게 털어버렸다

2477 겨울밤

겨울밤이 깊을수록
어둠이 점점
두꺼워진다

2478 구름의 합창

온 세상에 쏟아지는
수많은 빗소리는
구름의 합창 소리다

2479 **강을 읽다**

산에 올라
멀리 바라보며
흐르는 강을 읽는다

2480 **기회**

바보처럼 기회가
늘 올 것처럼
미루고 살았다

2481 **꽹과리**

꽹과리는 때리고
두들겨 맞을수록
신명 난 소리를 낸다

2482 **선잠**

선잠이 들었나
자다 깨다 뒤척이다
아침이 된다

2483 **파도**

무엇이 먹고 싶어
바다는 혀를
계속 날름대고 있을까

2484 **기다려도**

손꼽아 기다려도
오지 않아
손톱만 길어졌다

2485 어두운 밤

어두운 밤
고요의 무게만큼
어둠이 쌓인다

2486 아름다운 삶

삶이 아름다운데
죽음조차 아름답다면
후회 없는 인생이다

2487 세상이 싫다

세상이 싫고
사람도 싫어
실어증에 걸렸다

2488 지나가는 비

잠깐 지나가는 비에도
온 세상이
폭 젖었다

2489 좋다 하더니

그리도
좋다 하더니
코빼기도 안 보인다

2490 음식 장사

음식 장사 잘하려면
이익만 남기지 말고
맛있게 만들어라

2491 인생 사는 법

인생 사는 법
땀내 나게 살아야
잘 사는 거다

2492 사막의 낙타

사막의 낙타는
오아시스를 그리워하며
걷고 또 걷는다

2493 라일락꽃

라일락꽃 향기 스며들면
사랑하는 이
와락 끌어안고 싶다

2494 말쟁이

말쟁이가 어찌나
잘 떠드는지
입담이 좋다

2495 새참

일하다 중간에
쉬면서 먹는
새참 맛은 꿀맛이다

2496 기둥뿌리

기둥뿌리를 빼
줄줄이 자식 키우다
노년에 갈 곳 없다

2497 비탈

풀과 나무는
비탈에서도 쓰러지지 않고
버텨낸다

2498 살아간다는 것

살아간다는 것은
익숙할수록
별것 아닌 것 같다

2499 내 마음의 별

내 마음의 별
그리움이
마음에서 빛난다

2500 묘수

골똘하게 생각해보니
아주 신통한
묘수가 떠오른다

2501 쓴맛

인생의
쓴맛을 보아야
단맛을 안다

2502 천년 소나무

천년 동안
보고 들은 것이
얼마나 많을까

2503 삶

희망만 품고
살기에는 인생이
너무나 짧다

2504 권력

권력으로
포악하게 짓누르는 이
야차가 따로 없다

2505 삶의 위치

허무가 찾아올 때
어디에 살고 있는지
삶의 위치를 묻는다

2506 녹슬다

영웅호걸도
세월 지나면
녹슬고 기운 빠진다

2507 살면서

살면서 고통스러울 때는
죽고 싶다는
생각도 해보았다

2508 용기

한겨울 눈 속에서도
풀들은 살아남아
봄을 위하여 싹을 틔운다

2509 자살골

스스로 무릎 꿇어
자살골은
넣지 말아야 한다

2510 파

파는
무엇을 보려고
쑥쑥 자랄까

2511 흐르는 강물에

흐르는 강물에
시를 쓴다면
얼마나 길게 쓸 수 있을까

2512 고비

어렵고 힘든
고비를 넘기면
희망이 찾아온다

2513 황혼의 마음

살아갈 날이
자꾸만 짧아져
마음이 초조해진다

2514 돌밭

돌밭 돌들 사이에서
생명력 강한
풀들이 돋아난다

2515 종이배

고달픈 마음
종이배에 실어
떠나보낸다

2516 바다를 찾은 이유

도시에서 벗어나
탁 트인 바다에서
자유를 누린다

2517 갈증

글에 갈증을 느끼고
글이 고파야
시가 써진다

2518 막막한 시절

막막한 시절에
거두어들이는 것은
허망함뿐이다

2519 돼지꿈

돼지꿈 따위 믿지 않고
열심히 일하며
사는 게 좋다

2520 해 질 녘에

해 질 녘에 홀로 있으면
찾아올 사람 없어
쓸쓸하고 허전하다

2521 그림자

한밤중에 스치는
검은 그림자
간담이 서늘하다

2522 가치

나는 지금도
쓸데가 많은
가치 있는 존재다

2523 행복한 시인

행복하게
시를 쓰며 사는데
무엇을 더 바랄까

2524 지나고 보면

힘들지만
지나고 보면
가슴 뿌듯하겠지

2525 살아봐

어떻게든 살아봐
지나고 보면
그 이유를 알 거야

2526 1월 1일

문을 활짝 열어놓은
365일의 시작
꿈을 향한 첫 디딤돌

2527 봄의 움직임

봄의 움직임을 보라
싹을 틔우고
꽃 피우기 위해 분주하다

2528 한 번쯤

누구나 한 번쯤 실패한다
실패하지 않은
사람은 없다

2529 길을 걷다가

오늘은 길을 걷다가
너를 우연히
만났으면 좋겠다

2530 거짓

거짓은 그럴듯하게
포장해도 결국엔
만천하에 드러난다

2531 남은 미련

아니겠지 아닐 거야
그럴 리가 없어
미련이 계속 남는다

2532 오늘부터

오늘부터
너를 사랑하는 마음
지워버리겠다

2533 못다 한 이야기

언제 만나
못다 한 이야기 하고픈데
만날 수 없다

2534 한 사람을 사랑한다면

한 사람을
온 마음 다해 사랑한다면
얼마나 좋을까

2535 어디일까

세상 시름 잊고
마음 편히 살 수 있는 곳
어디일까

2536 고독이 맑아지면

고독이 맑아지면
그 위에
시 한 편 떠오른다

2537 3월

3월 꽃 피는 봄
날마다
온 세상이 꽃이다

2538 눈 내리는 밤

눈 내리는 밤에도
나무들은 머물 곳을
찾아다니지 않았다

2539 **우리가 될 때**

홀로일 때도 좋지만
우리가 될 때
행복할 일이 더 많다

2540 **신호**

조심해라
더 신중해라
마음이 신호를 보낸다

2541 **전설**

전설은 오래전부터
사람들이 직조해온
이야기들이다

2542 **다르다**

사람은 각기 다르다
다름을 인정할 때
같음을 만들 수 있다

2543 **물구나무**

물구나무를 서면
세상이 거꾸로 보지 않고
내가 거꾸로 본다

2544 **의자**

의자는 주인을
스스로 선택하지
않는다

2545 길손

모두 다 나그네
떠나는 길손인데
왜 욕심을 부릴까

2546 파죽지세

파죽지세로 힘차게
달려가니 도저히
막을 수 없다

2547 떠난 후

떠난 후
입안에 맴도는 말
"보고 싶다"

2548 바람 한 자락

바람 한 자락 불어
들풀을 흔드니
시 한 편이 날아왔다

2549 달빛이 밝으면

달빛이 밝으면
외로워져서
고독이 찾아온다

2550 그 기억 하나

그날 그 기억 하나
내 마음에
그리움으로 남아 있다

2551 보름달

보름달은 하얀 알몸이
부끄러워
구름 속에 숨었다

2552 사진첩

정이 사라지면
사진도 하나씩하나씩
떨어져 나간다

2553 낭떠러지

사랑할 사람도 없고
돈도, 갈 곳도 없어
낭떠러지 위에 서 있다

2554 여름

어둠이 짙어
앞을 분간하지 못하면
공포스럽다

2555 내 몫

내가 사는 동안
내 몫이 있을까
잠시 빌려 쓰는 것이다

2556 흘러가는 시간

내 삶 속에 무심히
흘러가는 시간들
고맙고 감사하다

2557 봄 길을 걸으면

봄 길을 걸으면
곳곳에서 수많은
꽃들을 만난다

2558 봄 들판

봄 들판에서
새싹이 고개를
쏙쏙 내민다

2559 비 내릴 때마다

비 내릴 때마다
나무는 팔을
쭉쭉 뻗으며 자란다

2560 사랑 찾아서

내가 만약 새라면
사랑 찾아서
날아가고 싶다

2561 환영

문 밖에 선 아들
꿈인가 생시인가
이름 부르면 사라지네

2562 험한 길

험한 길도
가다 보면, 걷다 보면
익숙해진다

2563 사면초가

사면초가라
이러지도 저러지도 못해
막막하고 답답하다

2564 요리사

요리사가 연주하듯
현란한 칼질로
음식을 만든다

2565 봄 마중

봄 마중하여
초대하려고
집 안부터 청소했다

2566 우물집

물이 없어
우물집 문을 열어달라고
사정사정했다

2567 목욕탕

몸의 더러운 때보다
마음부터 먼저
깨끗하게 씻었다

2568 초원

초원은
비와 바람, 햇살이 만든
풀들의 천국이다

2569 연기

연기는 잠시 잠깐
얼굴 보이고
사라진다

2570 부음

한 사람이
세상을 떠났다
누가 얼마나 기억해줄까

2571 허망한 일

아무리 따분해도
허망한 일은
일어나지 마라

2572 나만의 이야기

나만의 이야기를
만들어가는
재미가 있다

2573 슬픈 전화

슬픈 전화를 받으면
가슴 아파서
눈물이 흐른다

2574 장미

가시가 돋은
붉은 장미가
더 생기 있고 아름답다

2575 동행

같이 걷는 길
힘들면 기댈 수 있고
먼 길도 가볍게 간다

2576 팽이

팽이는 정신없이
돌아야
제정신이다

2577 편지

이제는 편지를
쓸 곳도
보낼 곳도 없다

2578 망아지

아직 어려도
들판을 종일
달리고 싶다

2579 기억의 강

기억의 강에
어릴 적 추억이
그리움으로 흐른다

2580 새벽 꿈

새벽에 잠이 깼는데
꿈이 다시 찾아와
나를 놓지 않는다

2581 물레질

물레를
얼마나 돌려야
솜이 비단이 될까

2582 불꽃놀이

불꽃놀이를 하면
밤하늘에
꽃이 피어난다

2583 개꿈

모처럼 낮잠을 잤는데
몹쓸 개꿈을 꾸어
기분만 찝찝해졌다

2584 청소

마음을 깨끗하게
청소하면
복도 반갑게 찾아온다

2585 대패질

대패질하면
나무의 깨끗한
속살이 드러난다

2586 길이 끝나는 곳

길이 끝나는 곳
여기까지 왔는데
다시 어디로 가나

2587 눈치 보기

이리저리
눈치 보고 살기
정말 힘들다

2588 보고 싶을 때

보고 싶을 때
뛰쳐나가 어디든
찾아 헤매고 싶다

2589 유서

삶을 유서 쓰듯
거짓 없이 미련 없이
살고 싶다

2590 서늘한 바람

쓸쓸한 가슴에
서늘한 바람이
스산하게 분다

2591 추상화

아무리 들여다봐도
화가만 알고
나는 모른다

2592 찢어진 상처

세파에 찢어진
상처를 깨끗하게
치료하고 싶다

2593 갈증

인생마다
갈증을 해소하지 못하고
늘 목마르다

2594 하루해

힘들수록
하루해는
길기만 하다

2595 투우사

소는 피 흘리는데
투우사를 보며
사람들은 환호한다

2596 오색 단장

가을 잎이 시집가나
오색으로 곱게
단장한다

2597 상추

싱싱한 상추
한 잎 싸 먹으면
맛에 맛을 더한다

2598 서럽다

서럽다
할 일도 희망도
내일도 없다

2599 무소식

세상이
내버린 듯
아무 소식이 없다

2600 투망

투망을 던질 때마다
기대가 된다
무엇이 잡힐까

2601 도넛

도넛의
달콤한 동그라미
한입 깨물고 싶다

2602 눈 맞춤

진실하게
서로 사랑해야
눈 맞출 수 있다

2603 극형

죽음의 날을 알고
기다린다는 것은
극형 중의 극형이다

2604 비와 눈물

비와 눈물이
내 오랜 슬픔을
깨끗하게 씻어준다

2605 가훈

"웃음 먹고 살자"라는
우리 집 가훈에는
부모의 사랑이 담겼다

2606 살아진다

아무리 견디기
힘들어도
살면 살아진다

2607 물고기

물고기가 길을 만들면
누가 볼까 봐
물이 금방 지워버린다

2608 새둥지

새는 둥지를
아무 욕심 없이
몸 둘 크기로만 짓는다

2609 공짜

공짜를 좋아하면
빈곤을
더 끌어안는다

2610 살기 힘든 세상

살기 힘든 세상
나눔과 섬김이 없으면
더 살기 힘들다

2611 붓

붓 가는 대로
글씨가 써진다
붓도 가는 길이 있다

2612 공평

억지로 만든 공평은
불만과 원망,
상처를 남긴다

2613 눈물 흘리는 이유

살다 보면
눈물을 흘린다
살다 보면 그렇다

2614 소유

내 소유는
아무것도 없다
욕심내지 마라

2615 물 흐르는 소리

맑은 물 흐르는
소리를 들으면
내 마음도 맑아진다

2616 내 삶의 무늬

내 삶의 무늬를
어떻게 만들며
살아왔을까

2617 흐르는 것들

세월, 시간, 인생
안타깝게 흐르는 것이
너무나 많다

2618 단골

오랜 단골이라
반길 줄 알았는데
박대받으니 서운하다

2619 바둑

작은 바둑판에
수가 참으로
많다

2620 그릇

그릇이 정갈해야
담아놓은 음식이
맛있다

2621 웃음

웃고 살면
가난도 병도
도망친다

2622 이별 연습

떠나는 사람
아무 미련 갖지 않게
이별 연습하자

2623 아침 햇살

풀잎들이
아침 햇살을 먹고
얼굴이 밝아졌다

2624 숟가락

밥상 위에
숟가락 같이 놓을 수
있음이 행복이다

2625 검은 강물

달도 없는
깜깜한 밤에
검은 강물이 흐른다

2626 나팔꽃

꽃 중에 나팔수
아침마다
나팔을 분다

2627 청춘

세상에서
가장 아름다운 것은
청춘이다

2628 기분 좋은 날

기분 좋은 날
엄지 척
올라간다

2629 명함

얼마나 많은 명함이
건네지고
휴지통에 버려질까

2630 홀씨

홀씨가 날아다니다
터를 잡으면
싹이 올라온다

2631 햇빛

나무와 꽃은
햇빛을 추앙하고
사랑한다

2632 종말

종말은 아무도
원하지 않지만
다가오고 있다

2633 똑같다

잘난 사람도
못난 사람도
뒤집어 보면 똑같다

2634 누구나

사람은 누구나
허술하고
나약한 점이 있다

2635 가슴

남의 가슴에
염장을 지르고
칼 꽂으면 좋은가

2636 생명의 소리

잡스런 소리보다
생명의 소리를
듣고 살자

2637 기가 막히다

음식을 먹다가
"기가 막히다" 하면
최고의 맛이다

2638 홀로 있을 때

홀로 있을 때 보라
완벽한 사람이
어디 있는가

2639 너를 만나고 싶다

홀로는 외로워
우연이라도
너를 만나고 싶다

2640 지름길

지름길보다
바르게 가는 길이
빠르고 좋은 길이다

2641 부끄러움

남에게
부끄럽지 않게
떳떳하게 살자

2642 안전벨트

왜 길거리에서는
안전벨트를 안 할까
아주 위험한데

2643 신발

현관에 신발이
놓인 걸 보면
그 집을 알 수 있다

2644 나이 들어가며

남은 인생이
안타까워
추억을 되새긴다

2645 그땐 그랬지

그땐 그랬지
그때가 최고로
좋았지

2646 밤하늘 별

누구의 그리움이
밤하늘의
별이 되었을까

2647 울지 말자

울지 말자
네 살아온 인생은
아름답다

2648 요양원

요양원은 두 배로 서글프다
건강하게 집에서 살다
가고 싶다

2649 구경꾼

삶을 구경하듯
살지 말고
주인공으로 살아라

2650 허구한 날

허구한 날
외롭고 정 그리워
거리를 헤맨다

2651 온 세상이 시다

온 세상이 시다
시와 이야기를
나누고 싶다

2652 호롱불 밑에서

호롱불 밑에서
바느질하는
어매 모습 안쓰럽다

2653 구름 비

구름이 비 내리고
쑥스러운지
훌쩍 떠난다

2654 채소 장수

채소 장수는
고생만 하고 남는 건
지친 몸뿐이다

2655 돌팔매

말로 돌팔매를
던지는 것이
더 아프다

2656 기다려줄 사람

나를 기다려줄 사람
누굴까
이 세상에 있을까

2657 세파

수시로 닥치는
세파에
마음 편치 않다

2658 억지 대답

사람들은
억지 질문을 하고
억지 대답을 원한다

2659 운수

운수보다
성실한 땀이 가져다주는
행복과 축복이 좋다

2660 가을의 주인공

가을의 주인공
코스모스의 열렬한
환대를 받으라

2661 비가 오면

비가 오면
나무와 풀들이
흠뻑 취한다

2662 외등

어둠 속에서
외로워
외등 불을 밝힌다

2663 시늉

아무 소득 없게
시늉만 내는 것은
허깨비다

2664 감정

슬픈 감정을
털어내면
기쁨이 찾아온다

2665 산장

산장은
지친 등산가들의
산속 쉼터다

2666 그러거나 말거나

이러쿵저러쿵 떠들어도
그러거나 말거나
상관하지 않는다

2667 욕망의 늪

욕망의 늪은
한순간은 좋지만
곧이어 불행이 찾아온다

2668 오죽하면

생각하고 궁리만 하다
오죽하면
움직이기로 했을까

2669 신기루

신기루는
잠시 잠깐 보였다
사라지는 허상이다

2670 연상

글감이 연상되고
떠올라야
시를 쓸 수 있다

2671 뉘우침

남 탓만 하고
왜 제 탓은
하지 않는가

2672 지금의 나

지금의 나는
지난 세월 꿋꿋하게
살아온 내 모습이다

2673 병든 세상

병든 세상
욕심이 가득해
고칠 수 없다

2674 시간의 골목길

시간의 골목길에는
분초를 다투는
빠른 움직임이 있다

2675 보석

세상 사람
한 사람 한 사람이
아름다운 보석이다

2676 따뜻한 대화

소중한 만남 속
따뜻한 대화가
마음을 넓혀준다

2677 미행

그림자는
왜 날마다 나를
미행하고 있을까

2678 화폭

삶이란 그림판에
오늘은 무엇을
그릴까

2679 떠나던 날

떠나던 날
너무 멀리 떠나버려
그리움의 길도 끊겼다

2680 눈꽃 축제

산에도 들에도
눈이 내리면
하얀 눈꽃 축제다

2681 쓸쓸한 날

쓸쓸한 날
지난 세월 돌아보며
추억을 한잔 마셨다

2682 가을비

가을비 내리자마자
낙엽이 몸을 씻고
떠나려 하고 있다

2683 신음

몸이 아픈가
밤새 신음하며
앓고 있다

2684 혼자 한 사랑

나 혼자 사람도 여행도
시도 커피도 풍경도
많이 사랑해보았다

2685 넋두리

술 마시며
울음 섞인 넋두리
술잔에 부어 같이 마셨다

2686 여름비

여름비에 나무들이
목욕하니
말쑥한 신사가 되었다

2687 눈앞에 있다

행복은
눈앞에 있으니
멀리서 찾지 마라

2688 실어증

당신이 떠나버려
고백하려 했던 말
실어증으로 잃었다

2689 사랑하는 이

사랑하는 이
달 먹구름 속으로
사라지듯 떠나버렸다

2690 홀씨

홀씨가 홀홀 날아가다
낯선 땅에 멈춰서
숨을 고른다

2691 배꽃

봄에 배꽃이
하얗게 피면
가을에 배가 열린다

2692 명상

소리를 떠나
고요 속에
마음이 앉아 있다

2693 고뇌

고뇌하면
고뇌할수록
명치끝이 아프다

2694 잘 가오

잘 가오!
언제 다시 볼 줄 모르니
마지막 인사하오

2695 숙맥

숙맥처럼 고개도
들지 못하고
말도 하지 못했다

2696 화해

구름이 우르릉 떠들더니
화해를 했나
비가 쏟아진다

2697 방목

양들아!
산과 들로 먹을 것 찾아
마음대로 다녀라

2698 도시의 건물들

태양이 떠오르자
도시의 건물들이
서로 눈 맞추고 있다

2699 사서 고생

고민을 안고 사는
이유가 무엇일까
다들 사서 고생이다

2700 꽃이 주는 행복

한 송이
꽃이 주는 행복이
너무나 크다

2701 탄로

숨긴 마음 낱낱이
탄로 나면 부끄러워
살지 못한다

2702 귀밝이술

귀밝이술 먹으면
세상 소리
잘 알아들을까

2703 참말이다

한정 없이 그리워
참말이다
어찌할 수 없다

2704 자서전

삶이란
자기의 자서전을
쓰는 시간이다

2705 허깨비

허깨비에
홀려서 살다가
겨우 정신을 차렸다

2706 꽃샘추위

꽃이 얼마나
아름다우면
날씨까지 시샘을 낼까

2707 흥부 웃음

가난해도
욕심 없어
흥부 웃음 행복하다

2708 복조리

복조리에
복을 많이
받을수록 좋다

2709 머리 감기

오늘도
생각을 많이 해
머리를 깨끗이 감는다

2710 변죽

한 번 왔다 가는데
실속이 있어야지
변죽만 울리면 되나

2711 의문투성이

만나고 헤어지니
의문투성이라
질문이 쏟아진다

2712 수술실

한 사람의
고귀한 생명이
의사의 손에 달렸다

2713 오늘

오늘 신나고 흥미롭고
재미있는 일이
생기지 않을까

2714 인생길

인생길
방황하지 말고
끝까지 올곧게 가자

2715 꽃이 피는 이유

꽃은
열매를 위하여
피고 희생한다

2716 아침 산행

산행을 하다 보니
아침 햇살이
어둠을 털어버렸다

2717 밥을 부른다

굶주림에
창자가 달라붙어
밥을 부른다

2718 불청객

올지 안 올지
알 수 없는
불청객이 싫다

2719 리듬

행복하게 살려면
삶의 리듬을
잘 타라

2720 골방

골방에서
기도하는 사람은
믿음이 있다

2721 불길

닥쳐오는 불길
고통에서 벗어나려고
발버둥 쳤다

2722 살아온 날

우리가 살아온 날
다시는
돌아오지 않는다

2723 여유

쫓아다니지 말고
세상이 나를 원해서
달려오게 하자

2724 함께

혼자만으로
살 수 없는
함께하는 세상이다

2725 분초

바쁠 때는
분초를 다투며
촉각을 세운다

2726 먼지

먼지는 이 세상
모든 것들의
마지막 모습이다

2727 타조

타조는 사막을
걸을 수 있는
다리를 가졌다

2728 봄눈

하늘 시계가
고장 났나
봄에 눈이 쏟아진다

2729 겨울 소식

눈 내리는 날
눈송이들이 흩날리며
겨울 소식을 전한다

2730 순댓국

순댓국 한 그릇
뜨겁게 먹으면
맛이 그만이다

2731 비가 내려

비가 겸손히 내려
냇물이 되고
강과 바다가 된다

2732 기억

지나온 발자국
기억이 지워지면
누가 기억할까

2733 무엇이 행복일까

아무 어려움 없이
사는 것이
행복일까

2734 고등어자반

고등어자반
짭조름한
바다의 맛이 좋다

2735 가장 큰 적

두려움이
삶에서
가장 큰 적이다

2736 선함

선하게 살아야
마음이 편하고
적이 없다

2737 시래기

시래기 바싹 말라
허술해 보여도
음식 맛 제대로 낸다

2738 회초리

심사가 뒤틀린
바람이 회초리가 되어
매섭게 때린다

2739 자연의 순리

떠나고
소멸하는 것은
자연의 순리다

2740 미루지 마라

꿈도 사랑도 일도
하고 싶은 건
미루지 마라

2741 헤어질 때는

헤어질 때는
그리울 줄
몰랐다

2742 도서관

도서관에 책이
진열된 저자는
행복한 사람이다

2743 밑바닥

밑바닥에 떨어져도
걱정하지 마라
올라갈 길밖에 없다

2744 해야 할 일

해야 할 일
미루면 미룰수록
하기 싫다

2745 걸음

때로는
신발을 벗고
천천히 걸어보자

2746 고양이

한밤중
어둠 속 고양이
눈빛이 섬찟하다

2747 분주

눈코 뜰 새 없이
바쁘게 살아도
똑같이 가는 삶이다

2748 나중에

어쩌면
나중에는
찾아오지 않는다

2749 한라산

한라산에 올라
백록담을 바라보니
천하를 얻은 듯 행복하다

2750 감나무

감나무 한 그루가
곶감을 많이 선물해줘서
참 고맙다

2751 곤두박질

바르게 살지 않으면
순식간에
곤두박질친다

2752 매정하게

매정하게 뒷모습도
보이지 않게
아주 멀리 떠났다

2753 언제나

삶이 얼마 남지
않은 것처럼 언제나
즐겁게 살아가자

2754 고개

가진 것 없어도
비굴하게
고개 숙이지 말자

2755 **내 마음**

내 마음은
당신에게
언제나 열려 있습니다

2756 **새싹의 힘**

한겨울 얼었던 땅을
뚫고 나오는
새싹의 힘은 위대하다

2757 **연민**

어느 날 머릿속 가득
가련한 그대 얼굴이
떠올랐다

2758 **소년**

맑고 순수한
소년의 마음에
희망이 들어찬다

2759 **허무**

하늘에 구름 한 점
떠가는데
왠지 허무하다

2760 **푸른 하늘**

푸른 하늘 텅 빈 허공을
바라보는데
왜 기분이 좋을까

2761 술래잡기

달과 구름이
술래잡기하면
구름이 먼저 달아난다

2762 주말 기차

주말 기차 타고 가는
사람들 눈에
그리움이 가득하다

2763 초승달

옷걸이 없어
옷을 초승달에 잠시
걸어두었다

2764 술친구

술 먹는 핑계도 갖가지
끄떡없다더니
취해 잠이 들었다

2765 죽음

살아 있는 것들은
언젠가 죽음이
찾아와 슬프다

2766 물길

물길이 흘러가며
간간이 계절의
소식도 전해준다

2767 우산

내 마음에 슬픈 비가
내릴 때에도
우산을 쓰면 괜찮을까

2768 소중한 인연

사람과 사람 사이
소중한 인연인데
욕심 탓에 어그러진다

2769 출근

월요일 긴장된 얼굴로
출근하며 생각한다
이번 주는 어떻게 보내나

2770 화투

화투를 치다 보면
사람의 성격이
나온다

2771 연밥

왠지 물고기 밥을
빼앗아 먹는
기분이다

2772 조각가

조각가는
대리석에 들어 있는
작품을 본다

2773 모든 것이 인연이다

나에게 찾아오는
모든 것들은
인연이 있다

2774 힘들다

외줄을 타듯
눈물겹게 힘겹게
매달려 산다

2775 헌옷

헌옷은
친근하고 편해
입기가 좋다

2776 염려

먹구름 물러가듯
염려가 사라졌으면
좋겠다

2777 연싸움

연들의 싸움이
아니라
사람들의 싸움이다

2778 숙제

인생이란
숙제를 다 하고
떠나는 것일까

2779 출장 중

내 마음은 가끔씩
어디론가
출장 중이다

2780 쌍벽

서로 뒤질까
전혀 양보할
마음이 없다

2781 학

학은 흰옷과 긴 다리로
세상 살기
힘들지 않을까

2782 큰일

시시때때로
예상하지 않은
큰일이 일어난다

2783 꿈이 없으면

꿈이 없으면
얼마나 어리석고
초라할까

2784 행복한 순간

살아가며 매 순간
가장 행복한 순간을
만들자

2785 공간

당신 머물 공간을
편안하게 비워놓았으니
언제든 오십시오

2786 빛나는 별

밤하늘 어둠 속에서
빛나는 별
눈동자가 살아 있다

2787 귀

귀는 듣고 싶어
소리가 나는 쪽으로
움직인다

2788 황홀함

불타는 노을보다
황홀한 풍경을
만들 수 있을까

2789 살다 보면

살다 보면
이런 일 저런 일에
울고 웃는다

2790 5월

초록이 싱싱한데
아카시아 꽃향기
한없이 펼쳐진다

2791 무덤

대단한 사람도
무덤 하나 남기는데
왜 잘난 척 싸우기만 할까

2792 해당화

해당화는
바닷바람 맞으며
고독하게 피어난다

2793 아가야

아가야 자거라
아직 얼굴에
잠이 묻어 있다

2794 눈 오는 밤

어둠 속에서
눈 내리네
축복받은 밤이다

2795 야생화

첩첩산중의
야생화는
수줍은 듯 핀다

2796 제일 싫은 일

제일 싫은 일은
사랑하는 사람을
먼저 떠나보내는 일이다

2797 봄이 간다

야속한 바람이
꽃잎을 떨어뜨릴 때
봄은 떠나간다

2798 진흙탕 같은 세상

진흙탕 같은 세상
힘들어도
포기하지 말자

2799 세상을 향해 외쳐라

세상을 향해 외쳐라
세상아! 내가 여기 있다!
나를 써라!

2800 옷

옷이 너무 화려하면
사람보다
옷이 더 빛난다

2801 낮 꿈

잠깐 잠든 사이
찾아온 낮 꿈
왠지 좋았다

2802 음악

자연은
움직일 때마다
음악을 만든다

2803 잃어버린 시

문득 떠오른 시
감탄했는데 쓰지 못해
잃어버렸다

2804 삶이란

내 키만큼
아픈 그늘이
늘 쫓아다닌다

2805 날벼락

날벼락 같은 절망이
몸을 꽁꽁 묶으니
숨 쉬기도 버겁다

2806 중환자실

중환자실에는
촌각을 다투는
안타까운 목숨뿐이다

2807 몸뚱이

위장할 수도
가릴 수도 없는
비루한 몸뚱이

2808 혹시

혹시 하고
스쳐간 예감이
빗나가면 좋겠다

2809 화 잘 내는 사람

화 잘 내는 사람은
성질도 고약하고
인상도 험악하다

2810 늘 그 자리에

언제나
늘 그 자리에 있어
마음이 편하다

2811 빈자리

사랑하는 이
떠난 빈자리
무엇으로도 메울 수 없다

2812 이사

이사를
다니면 다닐수록
힘들고 고달프다

2813 미소

소리 없는
웃음에
행복이 스며든다

2814 함께 살기

갇혀 살지 말고
주변을 돌아보며
함께 살자

2815 종소리

마음이 괴로우면
종소리마저
무겁게 들린다

2816 거기

가까운 사람들이
잘 아는 그곳
'바로 거기'

2817 온기

추위에 떨던 나무가
아침 햇살에 서서히
온기를 찾는다

2818 고속버스

장거리 여행인데
고속버스에
두 명만 타 허전하다

2819 단골집

단골집은
음식이 맛있고
정들어 자주 찾는다

2820 겨울 산

함박눈이 내리자
겨울 산이
흰옷을 입었다

2821 꽃 피는 산

봄 진달래 피면
온 산은
꽃 산이 된다

2822 극장

극장에 사람이 없어
썰렁하다
영화도 재미가 없다

2823 들이 넓으면

들이 넓으면
풀과 나무들이
잘 자란다

2824 메밀국수

여름날 시원한
냉메밀국수
가슴께까지 시원하다

2825 가슴

그리움이
꽉 차 가슴이
터질 것 같다

2826 조개껍데기

조개껍데기는
무슨 미련에
해변을 떠나지 못할까

2827 **허상**

이루어지지도 않을
허망하기만 한
헛된 꿈이다

2828 **친근한 사람**

처음 만났는데
오래 만난 것처럼
친근하게 정이 묻어난다

2829 **빈손**

빈손만
비비지 말고
사람답게 살자

2830 **날벼락**

횡단보도에 서 있다
날벼락을 당해
차에 치였다

2831 **구두쇠**

돈 많아도
죽을병 못 고치는데
왜 구두쇠로 살까

2832 **애물단지**

애물단지라도
쓸모가 있어야
자리가 아깝지 않다

2833 하염없이

강물은 곁눈질하지 않고
물길 따라
하염없이 흐른다

2834 굴렁쇠

굴렁쇠 굴러가는 모습
가만 보고 있으면
재미있다

2835 기도

얼마나 간절히
기도하는지
땀이 피가 되었다

2836 발자국

눈 위의 발자국도
눈이 녹으면
사라진다

2837 언어의 화가

시인은 언어로
그림을 그리는
화가다

2838 심장

그대를 내 마음에
담았더니 이제야
심장이 살아 뛴다

2839 우리 다시 만나요

얼마나 많은 사람들이
이 말이 하고 싶을까
"우리 다시 만나요!"

2840 휴대전화

휴대전화에서 듣는
정겨운 목소리
끊기가 싫다

2841 푼수꾼

푼수꾼
눈치도 없이
떠들어댄다

2842 가을

가을은 색이 있고
소리가 있고
푸른 하늘이 있어 좋다

2843 흐름

시간의 흐름도
강물처럼
멈추지 않는다

2844 깨달음

깨달음은
삶의 깊은 의미를
알아가는 것이다

2845 정적

죽은 듯
고요해도
자연은 살아 있다

2846 위장

자기도 모르게
얼마만큼의
위장을 하고 살까

2847 감감무소식

좋다면서
감감무소식이다
소식이 전혀 없다

2848 강변 야경

어둠 속에서
빛나는 강변이
꽃으로 피어난다

2849 여행자

여행자가 머물다
떠난 곳에는
추억만 남아 있다

2850 정

눈으로 보고
가슴으로 느끼는
끈끈한 정

2851 뚱딴지

생김새보다
하는 꼴이 뚱딴지라
못마땅하다

2852 국밥집

오래된 국밥집은
주인장 인심도
푸짐하다

2853 맞장구

서로 마음으로
맞장구치니
금방 친해진다

2854 도굴

무덤을 도굴하고
파헤치는 도둑들
간이 너무 부었다

2855 악어

악어는 먹을 욕심이
너무 많아
입만 사납게 커졌다

2856 공터

누구든지 살라고
비워둔
자유로운 곳이다

2857 걸신

걸신들렸는지
세상이 온통
밥으로 보인다

2858 현실

가릴 수 없고
도망칠 수 없다면
현실을 받아들이자

2859 훗날 우리

지금은
앞이 보이지 않지만
훗날 우리 행복할 것이다

2860 한파가 몰아칠 때

한파가 몰아칠 때는
태양도 싸늘하게
가라앉는다

2861 종착역

종착역에
도착했는데
혼자 잠들어 있었다

2862 심금

심금을 울리는
시 한 편 찡하게
감동을 준다

2863 월급

사람들마다 자신이
일한 것보다
월급이 적다 불평한다

2864 안절부절

올 소식이
오지 않으니
안절부절 편치 않다

2865 사랑이 떠나는 날

사랑이 싫증나
떠나는 날
얼굴빛이 창백하다

2866 알토란

얼마나
알토란같이 사는지
보기만 해도 좋다

2867 뜻밖에

살다 보니 뜻밖에
이런 일도
생기는구나

2868 바가지

바가지를
자꾸 긁으면
바가지에 구멍 난다

2869 가구

가구는 화려한 것보다
사용하기
편한 것이 좋다

2870 박차

열심을 다하고
박차를 가하는 사람은
이기지 못한다

2871 군불

아궁이가
불을 먹으면
아랫목이 따뜻하다

2872 반죽 좋게 살자

차가운 세상
반죽 좋게
정붙이고 살자

2873 마음만 먹으면

누구나
마음만 먹으면
엄청난 일을 해낸다

2874 낡은 신

낡은 신이
늙어가는 내 모습 같아
눈물이 난다

2875 묘목

묘목을 심어
얼만큼 자라면
큰 나무라 할까

2876 애월에서

파도 보며 마시는
한잔의 커피
마음에도 파도가 밀려온다

2877 기찻길

기차가 오가는 길
만남과 헤어짐 속에
늘 아쉬움이 남아 있다

2878 오래된 것

오래된 것이
나쁜 것 아니다
전통은 지켜야 한다

2879 퍼지는 소문

누가 냈는지
모르는 사이에
소문이 퍼져나간다

2880 절망의 그늘

절망의 그늘
벗어나면
희망이 찾아온다

2881 타작

타작하는
농부의 마음만큼
순수하게 기쁜 게 있을까

2882 입술

행복한 말을 하고
활짝 웃어주면
더 예쁘다

2883 갯마을

갯마을에 거센 파도
계속 밀어닥치니
왠지 불안하다

2884 나는 좋다

네가 그리만
잘된다면
나는 언제든지 좋다

2885 늦깎이

나이 들어
늦깎이면 어떠냐
내 할 일을 하자

2886 포장마차

포장마차는
문이 없으니 들어가
술 한잔 먹기가 쉽다

2887 **수은주**

비가 내리자
들끓던 수은주 온도가
내려갔다

2888 **혓바닥**

세 치 혓바닥이
세상을
시끄럽게 만든다

2889 **지난 세월**

지난 세월이
어제 같은데
멀리멀리 떠나갔다

2890 **심부름**

손주 아이
심부름 시켰는데
너무 좋아라 한다

2891 **도박**

꼭 딸 것 같은
환상에 덤벼들었다가
패가망신한다

2892 **풍등**

소원을 이루려고
풍등에 불 밝혀
하늘 높이 날린다

2893 나

나 하나쯤 없어도
되는 세상에서
나 때문에 행복하게 만들자

2894 가짜 명품

가짜를 갖고
진짜로 보이려니
얼마나 심장이 쪼일까

2895 기분

기분 나쁜 일은
빨리 잊고
좋은 일은 오래 생각하자

2896 배꼽

배꼽이 빠지게
웃는 날도 있어야
살맛이 난다

2897 사랑의 끈

가족이라는
사랑의 끈은
매우 강하다

2898 실잠자리

실잠자리 작은 몸으로
하늘을 날아가니
신비롭다

2899 박제된 꽃

박제된 꽃은
피어 있어도
생기도 향기도 없다

2900 수의

죽음이 다가오니
마지막 입고 갈
수의를 장만했다

2901 조약돌

바닷가에서
파도칠 때마다
몽돌이 조잘조잘 떠든다

2902 부질없는 생각

되지 않을 일을,
못할 일을
부질없이 왜 생각할까

2903 다름

나와 네가 다름을
인정할 때
마음이 넓어진다

2904 외로운 사람

무료한 사람은
외로운 사람이다
하루가 길다

2905 비의 꿈

비의 간절한 꿈은
온 세상의
생명을 살리는 것이다

2906 우연

우연히 한 번쯤
스쳐 지나가듯
보고 싶다

2907 우정

변치 않는
친구의 마음만큼
귀한 게 있을까

2908 연기

굴뚝도
담배를 피우나
연기를 내뿜는다

2909 문화

예술과 문학이
새로운 문화를
만들어간다

2910 비가 내리자

비가 내리자
나무들이 기분 좋게
목욕을 한다

2911 떠나면 남이다

아무리 좋았던 인연도
떠나면 남처럼
멀어진다

2912 똥지게

똥 퍼서 똥지게 지고
버리러 가는 길
삶의 이치를 깨닫는다

2913 내 탓

내 탓이 많은데
어찌 남을
탓하며 살까

2914 꾸지람

어매 꾸지람
아픈 목소리를
가슴에 꼭꼭 담았다

2915 속상할 때

내 꼴이
너무 초라해
많이 울었다

2916 흥부의 박

흥부의 박을 켜면
정말 부자가 될까
순진하게 믿고 싶다

2917 떡집

떡집은 얼마나 좋을까
매일 맛있는 떡
먹을 수 있으니

2918 끝날 때

끝날 때
부끄럽게 손가락질
받지 않게 살자

2919 어울림

둘이 하나 되어
행복하게
살고 싶다

2920 맴돌다 떠난다

좋아하는 것들
사랑하는 것들을
맴돌다 떠난다

2921 회귀

우리도 철새처럼
다시 회귀하여
돌아올 수 있을까

2922 온전한 사람

온전한 사람도
파헤쳐 놓으면
부표처럼 흔들린다

2923 배꼽

잘 살라고
몸의 중심을
잘 묶어놓았다

2924 한 시절

한 시절
유명했던 사람
지금은 아무도 모른다

2925 웃는 시간

불행에서
벗어나기 위해서는
웃는 시간이 필요하다

2926 대낮

온 세상 환한데
왜 꿍꿍이
꾸미고 있을까

2927 농사

성실한 농부의
정성과 사랑이
열매를 맺게 한다

2928 예쁜 그릇

예쁜 그릇에 담으면
음식이 더 맛있다더니
참말이다

2929 수수께끼

복잡하게 생각할수록
오리무중이다
단순하게 생각해야 한다

2930 피로

일한 후에 피로는
쉬면서 풀 수 있지만
마음의 피로는 쉽지 않다

2931 누가 누구에게

누가 누구에게
뭐라고
말할 수 있을까

2932 교통경찰

오랫동안 팔 저으며
교통정리하니
팔이 무척 아프겠다

2933 욕심

머물지 못하고
다 떠나야 하는데
왜 아귀다툼할까

2934 헛손질

헛손질로 놓치고
쥘 것 없으니
욕심을 버리자

2935 바람의 말

바람이 전해주는 말
인생도 바람처럼
떠나는 걸 기억해라

2936 호롱

호롱불빛 아래서
많은 이야기가
만들어졌다

2937 인성

따뜻한 정을 가진 사람
나도 저 사람처럼
살고 싶다

2938 좋은 일

눈물이 나도록
좋은 일이
많았으면

2939 가을 들녘

가을 들녘에서
배불뚝이 호박이
넉살 좋게 웃는다

2940 빈 가슴

빈 가슴에
허공이 들어 있나
텅 비어 허전하다

2941 똑같은 날

매일매일 똑같은 날 같은데
전혀 다른 엄청난 일들이
일어난다

2942 꺾이지 않는 풀

풀들은 비에 맞아도
바람이 흔들어놓아도
고개 들어 하늘을 본다

2943 옥수숫대

배고픔에 옥수숫대
질겅질겅 씹으며
단물을 빨았다

2944 장식

아무리 멋지게
장식을 꾸며놓아도
위선이고 부질없다

2945 몸살

젊은 시절 세파에
견디지 못해
큰 몸살을 앓았다

2946 겸손

겸손할수록
많은 것을 품는
바다가 된다

2947 가난한 신세

가난한 내 신세
어느 천년에
꽃처럼 활짝 필까

2948 해후

다 잊은 줄 알았는데
다시 만나니
반갑다

2949 돌

돌을 함부로
던질 곳이 없다
상처 주고 싶지 않다

2950 개똥참외

여름 햇살에 익어가는
개똥참외는
참 못생겼다

2951 엿장수

엿장수 가위 소리에
엿 바꿔 먹을 것 없나
바삐 찾아다녔다

2952 동지섣달

동지섣달은
겨울밤 운치 느끼기
아주 좋은 날이다

2953 약속

지킬 수 있는 약속
지킬 수 없는 약속
둘 중 하나를 선택해라

2954 어깨춤

내 인생에도
어깨춤 출 일
생길 줄이야

2955 가는 길 멀어도

가는 길 멀어도
걷다 보면
어느새 도착한다

2956 돈 좀 벌더니

돈 좀 벌더니
남 괄시하다
폭삭 망했다

2957 흉허물 없이

흉허물 없이
지내는 친구가
있어야 좋다

2958 가끔씩

그리움이 몰려오니
가끔씩이라도
만나보고 싶다

2959 정신병원

얼마나 힘들었으면
사람이 정신병원에
입원했을까

2960 아주 좋은 이야기

늘 읽어도 들어도
아주 좋은 이야기를
만들자

2961 단 하루도

단 하루도
꿈을 놓지 말고
붙잡고 있길

2962 셈하기

매사에 따지고
셈부터 하고 살면
인생이 고달파진다

2963 커피

아침에 느긋하게
숨을 고르며 마시는
커피가 맛있다

2964 여행의 아침

바쁘더라도 아침은
커피 마시는 시간으로
비워두자

2965 고갯마루

고갯마루 넘기 힘들어도
부지런히 걸어 넘으면
너른 들판이 나온다

2966 귀향의 꿈

떠났다가
돌아오지 못하는 사람들
서글프다

2967 중고 장터

헌 물건도
새 물건으로
재탄생한다

2968 재산

재산을 아무리
높이 쌓아도 결국
빈손으로 떠난다

2969 깊은 밤

다들 깊은 잠에 빠졌는데
시계 혼자 열심히
일하고 있다

2970 얼룩

마음의 얼룩을
깨끗하게 지우고
밝은 얼굴로 살자

2971 이름값

내 이름이
소중하니
이름값하며 살자

2972 노란 금화

고추가 부자 되고 싶은가
붉은 주머니에
노란 금화가 가득하다

2973 조용한 세상

잠 깨어
홀로 앉아 있으니
세상 참 조용하다

2974 미스터리

세상은 미스터리
이상야릇하지만
짜릿하기도 하다

2975 저녁 밥상

저녁 밥상에 둘러앉아
식사하는 가족을 보면
괜히 배가 부르다

2976 눈길

하얀 눈길
밟고 걸어가면
나도 마음이 착해질까

2977 산딸기

산딸기 따 먹으라고
누가 심어놓았을까
산길 걷다 반가워 따 먹었다

2978 시냇물

시냇물 졸졸 흐르는데
물길 따라가면
누구를 만날까

2979 목적지

나 자신이 어디로
가고 있는지
목적지를 모른다

2980 봄볕

봄볕이 소리 없이
막강해 얼음이 녹고
추위가 풀린다

2981 서러움

서러운 가슴에
서글픈 파장이
일고 있다

2982 밀회

잘못된 외출
숨겨놓아도 남아 있는
찜찜한 욕망의 분출

2983 두레박

우물에서는 두레박의
크기만큼
물을 퍼 올린다

2984 겨울 오면

친구야! 겨울 오면
모닥불 피워놓고
긴긴밤 이야기하자

2985 호숫가 걷기

잔잔한 물결 보면
최면에 걸린 듯
마음이 편안하다

2986 아쉬움

삶이 여기까진가
진한 아쉬움만
남는다

2987 잠을 자다

잠을 자다
시 한 편 떠올라
잠결에 적어놓았다

2988 어촌

고깃배가 만선이면
어촌의 등대도
살짝 웃는다

2989 천국과 지옥

어떻게 말하느냐에 따라
천국과 지옥이
오락가락한다

2990 은총

하루하루 하늘이
베푸신 은총으로
생명을 이어간다

2991 옹달샘

옹달샘 작다 무시 마라
작은 물방울이
큰 바다의 시작이니

2992 가랑비

가랑비가 내리자
풀잎들과 꽃들이
정답게 속삭인다

2993 12월 31일

떠나는 12월 31일
1년 365일을
잘 살아와 뿌듯하다

2994 빈 강

빈 강에
나룻배 하나 없이
강물만 흘러간다

2995 잠시 잠깐

잠시 잠깐 머물다 갈
사람들이 영원히 살 것처럼
착각하며 산다

2996 주문하지 않는 인생

주문하지 않은 인생인데
무엇을 더
주문하면서 살까

2997 겨울이 만든 시

눈이 내리면
온 세상이 한 편의
하얀 시가 된다

2998 오일장

오일장에서
제일 시끄러운 소리는
뻥튀기 튀기는 소리다

2999 방아깨비

방아깨비 혼자 놀다
심심해
방아 찧고 있다

3000 짧은 사랑

내 마음을
훔쳐가는
좀도둑이다

시를 쓰기 위한
짧은 연상 3000

초판 1쇄 인쇄 2021년 4월 12일
초판 1쇄 발행 2021년 4월 16일

지은이 | 용혜원
펴낸이 | 한순 이희섭
펴낸곳 | (주)도서출판 나무생각
편집 | 양미애 백모란
디자인 | 박민선
마케팅 | 이재석
출판등록 | 1999년 8월 19일 제1999-000112호
주소 | 서울특별시 마포구 월드컵로 70-4(서교동) 1F
전화 | 02)334-3339, 3308, 3361
팩스 | 02)334-3318
이메일 | tree3339@hanmail.net
홈페이지 | www.namubook.co.kr
블로그 | blog.naver.com/tree3339

ISBN 979-11-6218-149-2 03810

값은 뒤표지에 있습니다.
잘못된 책은 바꿔 드립니다.